回首风烟

张晓风 ———— 著

江苏凤凰文艺出版社
JIANGSU PHOENIX LITERATURE AND
ART PUBLISHING, LTD

图书在版编目（CIP）数据

回首风烟 / 张晓风著. -- 南京：江苏凤凰文艺出版
社, 2019.2

ISBN 978-7-5594-2965-0

Ⅰ.①回… Ⅱ.①张… Ⅲ.①散文集 – 中国 – 当代
Ⅳ.①I267

中国版本图书馆CIP数据核字（2018）第222552号

书　　　　名	回首风烟	
作　　　　者	张晓风	
责 任 编 辑	邹晓燕　黄孝阳	
出 版 发 行	江苏凤凰文艺出版社	
出版社地址	南京市中央路 165 号，邮编：210009	
出版社网址	http://www.jswenyi.com	
发　　　　行	北京时代华语国际传媒股份有限公司　010-83670231	
印　　　　刷	北京市松源印刷有限公司	
开　　　　本	880×1230 毫米　1/32	
印　　　　张	9.25	
字　　　　数	150 千字	
版　　　　次	2019 年 2 月第 1 版　2019 年 2 月第 1 次印刷	
标 准 书 号	ISBN 978-7-5594-2965-0	
定　　　　价	49.80 元	

（江苏文艺版图书凡印刷、装订错误可随时向承印厂调换）

代序

鼻子底下就是路

走下地下铁，只见中环车站人潮汹涌，是名副其实的"潮"，一波复一波，一涛叠一涛。在世界各大城市的地下铁里香港因为开始得晚，反而后来居上，做得非常壮观利落。但车站也的确大，搞不好明明要走出去的却偏偏会走回来。

我站住，盘算一番，要去找个人来问话。虽然满车站都是人，但我问路自有我精挑细选的原则：

第一，此人必须慈眉善目，犯不上问路问上凶煞恶神。

第二，此人走路速度必须不徐不急，走得太快的人你一句话没说完，他已窜到十米外去了，问了等于白问。

第三，如果能碰到一对夫妇或情侣最好，一方面"一箭双雕"，两个人里面至少总有一个会知道你要问的路；另一方面大城市里的孤身女子甚至孤身男子都相当自危，陌生人上来搭话，难免让人害怕，两个人就自然而然地胆子大多了。

第四，偶然能向慧黠自信的女孩问上话也不错，她们偶或一时兴起，也会陪我走上一段路的。

第五，站在路边作等人状的年轻人千万别去问，他们的一颗心早因为对方的迟到急得沸腾起来，哪里有情绪理你，他和你说话之际，一分神说不定就和对方错开了，那怎么可以！

今天运气不错，那两个边说边笑的、衣着清爽的年轻女孩看起来就很理想，我于是赶上前去，问：

"母该垒（不该你，即对不起之意），'德铺道中'顶航（顶是"怎"的意思，航是"行走"的意思）？"我用的是新学的广东话。

"啊，果边航（这边行）就得了（就可以了）！"

两人还把我送到正确的出口处，指了方向，甚至还问我是不是台湾来的，才道了再见。

其实，我皮包里是有一份地图的，但我喜欢问路，地图太现代感了我不习惯，我仍然喜欢旧小说里的行路人，跨马来到三岔路口，跳下马唱声喏，对路边下棋的老者问道：

"老伯，此去柳家庄悦来客栈打哪里走？约莫还有多远脚程？"

老者抬头，骑者一脸英气逼人，老者为他指了路，无限可能的情节在读者面前展开……我爱的是这种问路，问路几乎是我的碰到机会就要发作的怪癖，原因很简单，我喜欢问路。

至于我为什么喜欢问路，则和外婆有很大的关系。外婆不识字，且又早逝，我对她的记忆多半是片段的，例如她喜欢自己捻棉成线，工具是一只筷子和一枚制钱，但她令我最心折的一点却是从母亲那里听来的：

"小时候，你外婆常支使我们去跑腿，叫我们到 ×× 路去办事，我从小胆小，就说：'妈妈，那条路在哪里？我不会走啊！'你外婆脾气坏，立刻骂起来'不认路，不认路，你真没用，路——鼻子底下就是路。'我听不懂，说：'妈妈，鼻子底下哪有路呀？'后来才明白，原来你外婆是说鼻子底下就是嘴，有嘴就能问路！"

我从那一刹立刻迷上我的外婆，包括她的漂亮，她的不识字的智慧，她把长工、短工、田产、地产管得井井有条的精力以及她蛮横的坏脾气。

由于外婆的一句话，我总是告诉自己，何必去走冤枉路呢？宁可一路走一路问，宁可在别人的恩惠和善意中立身，宁可像赖皮的小幺儿去仰仗哥哥姐姐的威风。渐渐地才发现能去问路也是一种权利，是立志不做圣贤不做先知的人的最幸福的权利。

　　每次，我所问到的，岂止是一条路的方向，难道不也是冷漠的都市人的一颗犹温的心吗？而另一方面，在人生的版图上，我不自量力，叩前贤以求大音，所要问的，不也是可渡的津口可行的阡陌吗？

　　每一次，我在陌生的城里问路，每一次我接受陌生人的指点和微笑，我都会想起外婆，谁也不是一出世就藏有一张地图的人，天涯的道路也无非边走边问，一路问出来的啊！

目　录

第一部

生命礼赞

台词

灯火猝然亮起的时候，我发现站在台上的不是别人，竟是我自己。惊惶是没有用的了。别人说："你表演呀，发什么愣。"

我并非矫情做作，可是，人人都喜欢听离奇的、五彩的故事，可惜，我的故事只有万顷平湖，在一片清波之外仍然是一片清波，编不出一段奇峰突起的情节。这当然是很抱歉的。

四岁以前的事我是已经记不清楚了，不过，不知为什么却也还有几幅画面模糊地悬在记忆的廊里，成为我自怡的资料。

就在四岁那年。有一天母亲把我打扮得整整齐齐，对我说："你看，那条马路，等下公共汽车经过的时候，会有一个人走下来，他就是你爸爸呢！"

我很惊愕，那一阵子我的生活里差不多是不需要有一个父亲的，每天母亲给我梳小辫子，每天扎蝴蝶结儿。每天讲故事给我听，每天我到鸡棚里去捡粉红色的鲜蛋，并且听妈妈的话一口气把它喝下去。每天我坐在院子里，抱着苏打饼干的盒子，做一个小孩儿的梦。

可是父亲回来了，从很遥远的美国，这似乎是我早期生命中最大的一件事，他带来许多稀罕的东西，那些美丽的衣服令我欢欣若狂，可是，他自己最得意的东西却是我和母亲都不感兴趣的，那是大包大包的鱼肝油丸和奎宁丸，他说："这才是我们真正需要的东西，你想，如果我们亲友有人得病了，这东西不是比什么都宝贵吗？"

他就是这样的一个非常务实的人。

而我完全相反，我宁可去玩母亲为我剪制的小鸡、小狗，我敏感而沉迷于幻想的性格是来自母亲的。

一直到我很大了我才知道，那次父亲的行囊里有一样东西是为我买的———一架计算尺。我一直没有能用它，至今想起来，情感上就不知道应该怜悯他们还是怜悯自己。

他们对我想必有过很大的期望的，我从中山小学毕业的那年，糊里糊涂地撞进了一女中的大门，我自己也很愕然（那一阵子我实在并不用功，花在课外书上的时间倒比正课多），最使我难堪的是父亲一见了人总是说："这孩子，读书倒是很顺利，她小学毕业时考四个学校就取四个呢！"当时我实在很受不了，我对陌生人的打量是颇有屈辱感的。可是，这些年来，我再也听不到什么声音，对我怀着那样热切的希望了——除了我的丈夫，还不时用情人式的盲目在人前称赞。

身为六个弟妹的长姐，我是不容令人失望的。不过，这种自觉却是到我上大学以后才逐渐明显的。中学时期，我仍然只过着一种似梦似诗的日子，特别是由于搬家。我由一女中转学屏东女中的日子，骤然接触到满城的棕榈，和遮天的凤凰花，我天性中对自然的热爱一下子都爆发了。学校中有参天的古木，大片的草坪，黄花压枝的夹道树，以及一畦畦的菜园，我学会种菠菜、白菜和豆荚，那一段时间我总是起得好早，巴巴地赶到学校去，一桶桶地浇水，我生平最大的成功恐怕就是那个小小的豆棚了，蝶形的豆花满满地开了一架，一种实在的而又丰富的美丽。

屏东，一个不能忘的稻香之城，那段闲适的，无所事事的日子竟是过去了。中午坐在花园的清荫里，和几个女孩子一起读诗的日子也过去了。

一九五八年的秋天，我进入东吴大学，念的是中文系。那时候，我才忽然感觉到我需要开始我的奋斗了。离开家，我才明白自己的家庭比想象中更贫困。我的父亲是一个军人，黄埔六期的少将，我小时候老以为少将是很小的官，不然我们为什么那么穷呢？可是一个住在家里的孩子并不见得了解什么是真正的穷，一旦离开家才忽然明白连一张床也是一宗财富。

我仍然眷恋着十六岁的时代，但我却不得不面对现实了。有一天，我看见杨躺在榻榻米上，跷着两只脚，很怡然地啃着一块钱买来的杠子头，那就是他的全部午餐了。他自我解嘲地唱着一首自己编的歌："我今天吃了一个杠子头，一个杠子头，也不甜、也不咸、也不香、也不臭、也不酸、也不辣……"我们都笑起来，把黯淡的心情藏在豁然的大笑里。

那段日子就是这样过的，像无酵的杠子头，没有滋味但却很坚实。

靠着母亲的东拼西凑和工读金，我读完了大学，我督促着自己，做一个踏实的人，我至今看不得乱花钱的人和乱花时间的人，我简直就鄙视他们。

未读中文系以前不免有过多的幻想，这种幻想至今我仍能从大一新生的眼睛里读到，每读到那种眼神就使我既快乐，又心痛。我知道，无论经过多少年代，喜欢文学的年轻人是永远存在的。但不久他们会失望，他们在学院里是找不到文学的。

我第一篇文章发表的时候，距离我大学入学还有一个月，我清楚地记得那天是八月二十三日。

那以后我从来没有间断过，（却也从来没有多产过），我带着喜悦写每一件东西，我写的时候心里实在是很快乐的，写完就开始不满意，等发表出来就简直不愿意提了，可是人就有那么矛盾，我还是每次送它去发表。我从来不读我自己写的书——我宁可读别人的。

对于家务事，我有着远比写作为高的天才。我每次坐在餐桌前，看他贪馋地把每一碟菜吃得精光，心里的喜悦总是那样充实。我忽然明白，为什么许多女孩子的写作寿命总是那么短。要不是那些思想仍然不断地来撞击我的心，也许我早就放弃这一切了——可是，当然我是不会放弃的。

对于一个单纯的女孩子而言，实在已经没有什么可以再描绘的了。我们的时代不是只凭一张巴掌大的履历片就能解决许多事了吗？烦言简直就是一桩罪恶了。

是的，我的戏仅止于此，如果我的表现太平凡，那也是无可奈何的事，我原来就是这样的角色。要紧的是，让我们有一个热闹的戏台，演着美好的戏剧，让我们的这一季，充满发亮的记忆。

画晴

　　落了许久的雨，天忽然晴了。心理上就觉得似乎捡回了一批失落的财宝，天的蓝宝石和山的绿翡翠在一夜之间又重现在晨窗中了。阳光倾注在山谷中，如同一盅稀薄的葡萄汁。

　　我起来，走下台阶，独自微笑着、欢喜着。四下一个人也没有，我就觉得自己也没有了。天地间只有一团喜悦、一腔温柔、一片勃勃然的生气，我走向田畦，就以为自己是一株恬然的菜花。我举袂迎风，就觉得自己是一缕宛转的气流，我抬头望天，却又把自己误为明灿的阳光。我的心从来没有这样宽广过，恍惚中忆起一节经文："上帝叫日头照好人，也照歹人。"我第一次那样深切地体会到造物的深心。我就忽然热爱起一切有生命和无生命的东西来了。我那样渴切地想对每一个人说声早安。

　　不知怎的，忽然想起住在郊外的陈，就觉得非去拜访她不可，人在这种日子里真不该再有所安排和计划的。在这种阳光中如果不带有几分醉意，凡事随兴而行，就显得太不调和了。

转了好几班车，来到一条曲折的黄泥路。天晴了，路刚晒干，温温软软的，让人感觉到大地的脉搏。一路走着，不觉到了，我站在竹篱面前，连吠门的小狗也没有一只。门上斜挂了一把小铃，我独自摇了半天，猜想大概是没人了。低头细看，才发现一个极小的铜锁——她也出去了。

我又站了许久，不知道自己该往哪里去。想要留个纸条，却又说不出所以造访的目的。其实我并不那么渴望见她的。我只想消磨一个极好的太阳天，只想到乡村里去看看五谷六畜怎样欣赏这个日子。

抬头望去，远处禾场很空阔，几垛稻草疏疏落落地散布着。颇有些仿古制作的意味。我信步徐行，发现自己正走向一片广场。黄绿不匀的草在我脚下伸展着，奇怪的大石在草丛中散置着。我选了一块比较光滑的斜靠而坐，就觉得身下垫的，和身上盖的都是灼热的阳光。我陶醉了许久，定神环望，才发现这景致简单得不可置信——一片草场，几块乱石。远处唯有天草相黏，近处只有好风如水。没有任何名花异草，没有任何仕女云集。但我为什么这样痴骏地坐着呢？我是被什么吸引着呢？

我悠然地望着天。我的心就恍然回到往古的年代，那时候必然也是一个久雨后的晴天，一个村野之人，在耕作之余，到禾场上去晒太阳。他的小狗在他的身旁打着滚，弄得一身是草。他酣然地躺着、傻傻地笑着，觉得没人经历过这样的幸福。于是，他兴奋起来，喘着气去叩王室的门，要把这宗秘密公布出来。他万没有想到所有听见的人都掩袖窃笑，从此把他当作一个典故来打趣。

他有什么错呢？因为他发现的真理太简单吗？但经过这样多个世纪，他所体味的幸福仍然不是坐在暖气机边的人所能了解的。如果我们肯早日离开阴深黑暗的蛰居，回到热热亮亮的光中，那该多美呢！

头顶上有一棵不知名的树，叶子不多，却都很青翠，太阳的影像从树叶的微隙中筛了下来。暖风过处一满地圆圆的日影都欣然起舞。唉，这样温柔的阳光，对于庸碌的人而言，一生之中又能几遇呢？

坐在这样的树下，又使我想起自己平日对人品的观察。我常常觉得自己的浮躁和浅薄就像"夏日之日"，常使人厌恶、回避。于是在深心之中，总不免暗暗地向往着一个境界——"冬日之日"。那是光明的，却毫不刺眼。是暖热的，却不致灼人。什么时候我才能那样含蕴，那样温柔敦厚而又那样深沉呢？"如果你要我成为光，求你叫我成为这样的光。"我不禁用全心灵祷求"不是独步中天，造成气焰和光芒。而是透过灰冷的天空，用一腔热忱去温暖一切僵坐在阴湿中的人"。

渐近日午，光线更明朗了，一切景物的色调开始变得浓重。记得尝读过段成式的作品，独爱其中一句："坐对当窗木，看移三面阴。"想不到我也有缘领略这种静趣。其实我所欣赏的，前人已经欣赏了。我所感受的，前人也已经感受了。但是，为什么这些经历依旧是这么深，这么新鲜呢？

身旁有一袋点心，是我顺手买来，打算送给陈的。现在却成了我的午餐。一个人，在无垠的草场上，咀嚼着简单的干粮，倒也是十分有趣。在这种景色里，不觉其饿，却也不觉其饱。吃东西只是一种情趣，一种艺术。

我原来是带了一本词集子的，却一直没打开，总觉得直接观赏情景，比间接的观赏要深刻得多。饭后有些倦了，才顺手翻它几页。不觉沉然欲睡，手里还拿着书，人已经恍然踏入另一个境界。

等到醒来，发现几只黑色瘦胫的羊，正慢慢地啮着草，远远有一个孩子跷脚躺着，悠然地嚼着一根长长的青草。我抛书而起，在草场上迂回漫步。难得这么静的下午，我的脚步声和羊群的啮草声都清晰可闻。回头再看看那曲臂为枕的孩子，不觉有点羡慕他那种"富贵于我如浮云"的风度了。几只羊依旧低头择草，恍惚间只让我觉得它们嚼的不只是草，而是冬天里半发的绿意，以及草场上无边无际的阳光。

日影稍稍西斜了，光辉却仍旧不减，在一天之中，我往往偏爱这一刻。我知道有人歌颂朝云，有人爱恋晚霞。至于耀眼的日升和幽邃的黑夜都惯受人们的钟爱。唯有这样平凡的下午，没有一点彩色和光芒的时刻，常常会被人遗忘。但我却不能自禁地喜爱并且瞻仰这份宁静、恬淡和收敛。我回到自己的位置坐下，茫茫草原，就只交付我和那看羊的孩子吗？叫我们如何消受得完呢？

偶抬头，只见微云掠空，斜斜地徘着。像一首短诗，像一阕不规则的小令。看着看着，就忍不住发出许多奇想。记得元曲中有一段述说一个人不能写信的理由："不是无才思，绕清江买不得天样纸。"而现在，天空的蓝笺已平铺在我头上，我却又苦于没有云样的笔。其实即使有笔如云，也不过随写随抹，何尝尽责描绘造物之奇。至于和风动草，大概本来也想低吟几句云的作品。只是云彩总爱反复地更改着，叫风声无从传布。如果有人学会云的速记，把天上的文章流传几篇到人间，却又该多么好呢。

正在痴想之间，发现不但云朵的形状变幻着，连它的颜色也奇异地转换了。半天朱霞，粲然如焚，映着草地也有三分红意了。不仔细分辨，就像莽原尽处烧着一片野火似的。牧羊的孩子不知何时已把他的羊聚拢了。村落里炊烟袅升，他也就隐向一片暮霭中去了。

我站起身来，摸摸石头还有一些余温，而空气中却沁进几分凉意了。有一群孩子走过，每人抱着一怀枯枝干草。忽然见到我就停下来，互相低语着。

"她有点奇怪，不是吗？"

"我们这里从来没有人来远足的。"

"我知道，"有一个较老成的孩子说，"他们有的人喜欢到这里来画图的。"

"可是，我没有看见她的纸和她的水彩呀！"

"她一定画好了，藏起来了。"

得到满意的结论以后，他们又作一行归去了。远处有疏疏密密的竹林，掩映一角红墙，我望着他们各自走入他们的家，心中不禁怅然若失。想起城市的街道，想起两侧壁立的大厦，人行其间，抬头只见一线天色，真仿佛置身于死荫的幽谷了。而这里，在这不知名的原野中，却是遍地泛滥着阳光。

人生际遇不同，相去多么远啊！

我转身离去，落日在我身后画着红艳的圆。而远处昏黄的灯光也同时在我面前亮起。那种壮丽和寒碜成为极强烈的对照。

遥遥地看到陈的家，也已经有了灯光，想她必是倦游归来了，我迟疑了一下，没有走过去摇铃，我已拜望过郊外的晴朗，不必再看她了。

走到车站，总觉得手里比来的时候多了一些东西，低头看看，依然是那一本旧书。这使我忽然迷惑起来了，难道我真的携有一张画吗？像那个孩子所说的："画好了，藏起来了！"

归途上，当我独行在黑茫茫的暮色中，我就开始接触那轴画了。它是用淡墨染成的"晴郊图"，画在平整的心灵素宣上，在每一个阴黑的地方向我展示。

魔季

蓝天打了蜡，在这样的春天。在这样的春天，小树叶儿也都上了釉彩。世界，忽然显得明朗了。

我沿着草坡往山上走，春草已经长得很浓了。唉，春天老是这样的，一开头，总惯于把自己藏在峭寒和细雨的后面。等真正一揭了纱，却又谦逊地为我们延来了长夏。

山容已经不再是去秋的清瘦了，那白绒绒的芦花海也都退潮了，相思树是墨绿的，荷叶桐是浅绿的，新生的竹子是翠绿的，刚冒尖儿的小草是黄绿的。还是那些老树的苍绿，以及藤萝植物的嫩绿，熙熙攘攘地挤满了一山。我慢慢走着，我走在绿之上，我走在绿之间，我走在绿之下。绿在我里，我在绿里。

阳光的酒调得很淡，却很醇，浅浅地斟在每一个杯形的小野花里。到底是一位怎样的君王要举行野宴呢？何必把每个角落都布置得这样豪华雅致呢？让走过的人都不免自觉寒酸了。

那片大树下的厚毡是我们坐过的，在那年春天。今天我走过的时候，它的柔软仍似当年，它的鲜绿仍似当年，甚至连织在上面的小野花也都娇美如昔。啊，春天，那甜甜的记忆又回到我的心头来了——其实不是回来，它一直存在着的！我禁不住怯怯地坐下，喜悦的潮音低低回响着。

清风在细叶间穿梭，跟着他一起穿梭的还有蝴蝶。啊，不快乐真是不合理的——在春风这样的旋律里。所有柔嫩的枝叶都被邀舞了，窸窣地响起一片搭虎绸和细纱相擦的衣裙声。四月是音乐季呢！（我们有多久不闻丝竹的声音了？）宽广的音乐台上，响着甜美渺远的木箫，古典的七弦琴，以及琮琮然的小银铃，合奏着繁复而又和谐的曲调。

我们已把窗外的世界遗忘得太久了，我们总喜欢过着四面混凝土的生活。我们久已不能像那些溪畔草地上执竿的牧羊人，以及他们仅避风雨的帐棚。我们同样也久已不能想象那些在陇亩间荷锄的庄稼人，以及他们只足容膝的茅屋。我们不知道脚心触到青草时的恬适，我们不晓得鼻腔遇到花香时的兴奋。真的，我们是怎么会痴骏得那么厉害的！

那边，清澈的山涧流着，许多浅紫、嫩黄的花瓣上下漂浮，像什么呢？我似乎曾经想画过这样一张画——只是，我为什么如此想画呢？是不是因为我的心底也正流着这样一带涧水呢？是不是由于那其中也正轻搅着一些美丽虚幻的往事和梦境呢？啊，我是怎样珍惜着这些花瓣啊，我是多么想掬起一把来作为今早的晨餐啊！

忽然，走来一个小女孩。如果不是我看过她，在这样薄雾未散尽，阳光诡谲闪烁的时分，我真要把她当作一个小精灵呢！她慢慢地走着，好一个小山居者，连步履也都出奇地舒缓了。她有一种天生的属于山野的纯朴气质，使人不自已地想逗她说几句话。

"你怎么不上学呢？凯凯。"

"老师说，今天不上学，"她慢条斯理地说，"老师说，今天是春天，不用上学。"

啊，春天！噢！我想她说的该是春假，但这又是多么美的语误啊！春天我们该到另一所学校去念书的。去念一册册的山，一行行的水。去速记风的演讲，又数骤云的变化。真的，我们的学校少开了许多的学分，少聘了许多的教授。我们还有许多值得学习的，我们还有太多应该效法的。真的呢，春天绝不该想鸡兔同笼，春天也不该背盎格鲁一撒克逊人的土语，春天更不该收集越南情势的资料卡。春天春天，春天来的时候我们真该学一学鸟儿，站在最高的枝柯上，抖开翅膀来，晒晒我们潮湿已久的羽毛。

那小小的红衣山居者很好奇地望着我，稍微带着一些打趣的神情。

我想跟她说些话，却又不知道该讲些什么。终于没有说——我想所有我能教她的，大概春天都已经教过她了。

慢慢地，她俯下身去，探手入溪。花瓣便从她的指间闲散地流开去，她的颊边忽然漾开一种奇异的微笑，简单的、欢欣的，却又是不可捉摸的笑。我又忍不住叫了她一声——我实在仍然怀疑她是笔记小说里的青衣小童。（也许她穿旧了那袭青衣，偶然换上这件的吧！）我轻轻地摸着她头上的蝴蝶结。

"凯凯。"

"嗯？"

"你在干什么？"

"我，"她踌躇了一下，茫然地说，"我没干什么呀！"

多色的花瓣仍然在多声的涧水中淌过，在她肥肥白白的小手旁边乱旋。忽然，她把手一握，小拳头里握着几片花瓣。她高兴地站起身来，将花瓣往小红裙里一兜，便哼着不成腔的调儿走开了。

　　我的心像是被什么击了一下，她是谁呢？是小凯凯吗？还是春花的精灵呢？抑或，是多年前那个我自己的重现呢？在江南的那个环山的小城里，不也住过一个穿红衣服的小女孩吗？在春天的时候她不是也爱坐在矮矮的断墙上，望着远远的蓝天而沉思吗？她不是也爱去采花吗？爬在树上，弄得满头满脸的都是乱扑扑的桃花瓣儿。等回到家，又总被母亲从衣领里抖出一大把柔柔嫩嫩的粉红。她不是也爱水吗？她不是一直梦想着要钓一尾金色的鱼吗？（可是从来不晓得要用钓钩和钓饵。）每次从学校回来，就到池边去张望那根细细的竹竿。俯下身去，什么也没有——除了那张又圆又憨的小脸。啊，那个孩子呢？那个躺在小溪边打滚，直揉得小裙子上全是草汁的孩子呢？她隐藏到什么地方去了呢？

　　在那边，那一带疏疏的树荫里，几只毛茸茸的小羊在啮草，较大的那只母羊很安详地躺着。我站得很远，心里想着如果能摸摸那羊毛该多么好。它们吃着、嬉戏着、笨拙地上下跳跃着。啊，春天，什么都是活泼泼的，都是喜洋洋的，都是嫩嫩的，都是茸茸的，都是叫人喜欢得不知怎么是好的。

　　稍往前走几步，慢慢进入一带浓烈的花香。暖融融的空气里加调上这样的花香真是很醉人的，我走过去，在那很陡的斜坡上，不知什么人种了一株栀子花。树很矮，花却开得极璀璨，白莹莹的一片，连树叶都几乎被遮光了。像一列可以采摘的六角形星子，闪烁着清浅的眼波。这样小小的一棵树，我想，她是拼却了怎样的气力才绽出这样的一树春华呢？四下里很静，连春风都被甜得腻住了——我忽然发现自己已经站了很久，哦，我莫不是也被腻住了吧！

酢浆草软软地在地上摊开，浑朴、茂盛，那气势竟把整个山顶压住了。那种愉快的水红色，映得我的脸都不自觉地热起来了！

山下，小溪蜿蜒。从高处俯视下去，阳光的小镜子在溪面上打着明晃晃的信号。啊，春天多叫人迷惘啊！它究竟是怎么回事呢？是谁负责管理这最初的一季呢？他想来应该是一个神奇的艺术家了，当他的神笔一挥，整个地球便美妙地缩小了，缩成了一束花球，缩成一方小小的音乐匣子。他把光与色给了世界，把爱与笑给了人类。啊，春天，这样的魔季！

小溪比冬天涨高了，远远看去，那个负薪者正慢慢地涉溪而过。啊，走在春水里又是怎样的滋味呢？或许那时候会恍然以为自己是一条鱼吧？想来做一个樵夫真是很幸福的，肩上挑着的是松香，（或许还夹杂着些山花野草吧！）脚下踏的是碧色琉璃，（并且是最温软，最明媚的一种。）身上的灰布衣任山风去刺绣，脚下的破草鞋任野花去穿缀。嗯，做一个樵夫真是很叫人嫉妒的。

而我，我没有溪水可涉，只有大片大片的绿罗裙一般的芳草，横生在我面前。我雀跃着，跳过青色的席梦思。山下阳光如潮，整个城市都沉浸在春里了。我遂想起我自己的那扇红门，在四月的阳光里，想必正焕发着红玛瑙的色彩吧！

他在窗前坐着，膝上放着一本布瑞克的《国际法案》，看见我便迎了过来。我几乎不能相信，我们已在一个屋顶下生活了一百多个日子。恍惚之间，我只觉得这儿仍是我们共同读书的校园。而此刻，正是含着惊喜在楼梯转角处偶然相逢的一刹那。不是吗？他的目光如昔，他的声音如昔，我怎能不误认呢？尤其在这样熟悉的春天，这样富于传奇气氛的魔术季。

前庭里，榕树抽着纤细的芽儿。许多不知名的小黄花正摇曳着，像一串晶莹透明的梦。还有古雅的蕨草，也善意地沿着墙角滚着花边儿。啊，什么时候我们的前庭竟变成一列窄窄的画廊了。

我走进屋里，扭亮台灯，四下便烘起一片熟杏的颜色。夜已微凉，空气中沁着一些凄迷的幽香。我从书里翻出那朵栀子花，是早晨自山间采来的，我小心地把它夹入厚厚的大字典里。

　　"是什么？好香，一朵花吗？"

　　"可以说是一朵花吧，"我迟疑了一下，"而事实上是一九六五年的春天——我们所共同盼来的第一个春天。"

　　我感到我的手被一只大而温热的手握住，我知道，他要对我讲什么话了。

　　远处的鸟啼错杂地传过来，那声音纷落在我们的小屋里，四下遂幻出一种林野的幽深——春天该是很深很浓了，我想。

春俎

春天是一则谎言

那女孩说，春天是一则谎言，饰以软风，饰以杜鹃；那女孩斩钉截铁地说，春天，是一则谎言。

——可是，她说，二十年过去，我仍不可救药地甘于被骗。那些偶然红的花，那些偶然绿的水，竟仍然令我痴迷。春天一来，便老是忘记，忘记蓝天是一种骗局，忘记急湍是一种诡语，忘记千柯都只不过在开些空头支票，忘记万花只不过服食了迷幻药。真的，老是忘记——直到秋晚醒来时，才发现他们玩的只不过是些老把戏，而你又被骗了，你只能在苍白的北风中向壁叹息。

她说她的，我总不能拒绝春天。春水一涨潮，我就变得盲目，变得混沌，像一个旧教徒，我恭谨地行到溪畔去办"告解"，去照鉴自己的心，看看能不能仍拼成水仙——虽然，可能她说的对，虽然春天可能什么都不是，虽然春天可能只是一则谎言。

过客

　　别墅的主人买了地，盖了房子，却无奈地陷在楼最高、气最浊，车马喧腾的地方，把别墅的所有权状当作清供。

　　而第一位在千山夜雨中拧亮玻璃吊盏的人，却竟是我这陌生的过客，一时之间恍惚竟以为别墅是我的——或者也是云的？谁是客？谁是主？谁是物？谁是我？谁会占有过什么？谁又曾管领过什么？

　　长长的甬道，只回响我的软履。寂然的阳台，只留我独饮风露，穆然的大柜，只垂挂我的春衫，初涨的新溪，只流过我的梦槛——那主人不在，我把一切的美好霸占得那样彻底。

　　纤草初渥，足下的春泥几乎在升起一种柔声的歌。而这片土地，二年以前属于禾稻，千纪以前属于牧畜，万年以前属于渔猎，亿载以前属于洪荒，而此刻，它属于一张一尺见方的所有权状。

而我是谁？为什么我感到自己强烈的占有，不是今夜的占有，而是亿载之前的占有，我几乎能指出哪一带蓝天曾腾跃过飞龙，哪一丛密林曾隐居着麒麟，哪一片水滩曾映照七彩的凤凰，哪一座小桥曾负载挟弓猎人的歌；而今夜，我取代他们，继承他们，让我的十趾来膜拜泥土。

今夜，我是拙而安的鸠鸟，我占着别人的别墅，我占着有巢氏的巢，我占着昭阳宫，我占着含章殿，我占着裴令的绿野堂，我占着王摩诘的辋川和终南别业，我占着亘古长存的大地庙堂——我，一个过客。

坠星

山的美在于它的重复，在于它是一种几何级数，在于它是一种循环小数，在于它的百匝千遭，在于它永不干休的环抱。

晚上，独步山径，两侧的山又黑又坚实，有如一锭古老的徽墨，而徽墨最浑凝的上方却被一点灼然的光突破。

"星坠了！"我忽然一惊。

而那一夜并没有星，我方发现那或者只是某一个人的一盏灯；一盏灯？可能吗？在那样孤绝的高处？伫立许久，我仍弄不清那是一颗低坠的星或是一盏高悬的灯。而白天，我什么也不见，只见云来雾往，千壑生烟。但夜夜，它不瞬地亮着，令我迷惑。

山月

山月升起的地方刚好是对岸山间一个巧妙的缺口。中宵惊起，一丸冷月像颗珠子，莹莹然地镶嵌在山的缺处。

有些美，如山间月色，不知为什么美得那样无情，那样冷绝白绝，触手成冰。无月之夜的那种浑厚温暖的黑色此刻已被扯开，山月如雨，在同样的景片上硬生生地安排下另一种格调。

真的，山月如雨，隔着长窗，隔着纱帘，一样淋得人兜头兜脸，眉发滴水，连寒衾也淋湿了，一间屋子竟无一处可着脚，整栋别墅都漂浮起来，晃漾起来，让人有一种绝望的惊惶。

山月总是触动人最深处的忧伤，山月让人不能遗忘。

山月照在山的这一边，山月照在山的那一边。山的这一方是长帘垂地的别墅，山的那一方是海峡深蕴的忧伤。

山月照在岛上，山月也绕过岛去照一千一百万平方公里的旧梦，在不眠的中宵。在万窍含风的永夜，山月吹起令人愁倒的胡笳。

山月何以如此凛冽，山月何以如此无情，山月何以如此冷绝愁绝，触手成冰！

夜雨

雨声有时和溪声是很难于分辨的，尤其在夜里。有时为了证实雨，我必须从回廊探出双臂。探着雨，便安心地回去躺下，欣喜而满足，夜是母性的，雨也是，我遂在双重的母性中拥书而眠。

书不多，但从《毛诗》到皮兰德娄，从陶渊明到《乌托邦》

都有，只是落雨的夜里，我却总想起秦少游，以及他的"可堪孤馆闭春寒，杜鹃声里斜阳暮"。雨声中唯一的缺憾是失去鸟声。有一种鸟声，平时总听得到，细长而无尾音，却自有一种直抒胸臆的简捷的悲怆，像一个不善言辞的人的低喟。雨夜中有时不免想起那只鸟，不知在何处抖动它潮湿的羽毛和潮湿的叹息。

盛夏中偶落的骤雨，照例总扬起一阵浓郁的土香。而三月的夜雨不知为什么也能渗出一丝丝的青草味，跟太阳蒸发出来的强烈的草薰不同，是一种幽森的、细致的、嫩生生的气味，我想如果有一天我失明了，光凭嗅觉，我也能毫无错误地辨认出三月的夜雨。

野溪

从来没有想到溪声会那样执着，日以继夜，夜以继日，像一个喧嚷的小男孩，使我感到一种疲倦。我爱那水，但它使我疲倦——它使我疲倦，但我仍爱那水——我之所以疲倦，或者无论梦着醒着，我不能一秒钟不恭谨地聆听它，过分的爱情常使人疲累不胜。

水极浅，小溪中多半是乱石，小半是草，还有一些树，很奇怪地都有着无比苍老嶙峋的根，以及柔嫩如婴儿的透明绿叶，让人猜不透它们的年龄。大部分的巨石都被树根抓住了，树根如网，巨石如鱼，相峙似乎已有千年之久，让人重温渔猎时代敦实的喜悦。

谁在溪中投下千面巨石，谁在石间播下春芜秋草，谁在草中立起大树如碑？谁在树上剪裁三月的翠叶如酒旆？谁在这无数张招展的酒旆间酝酿亿万年陈久而新鲜的芬芳？

溪水清且浅，溪声激以越，世上每日有山被斩首解肢，每日有水被奸污毁容，而眼前的野溪却浑然无知地坚持着今年的歌声；而明年，明年谁知道，我们且对斟今年的春天！让千穴的清风吹彻玉笙，让千转的白湍拨起泠泠古弦，我们且对斟今年的春天。

咏物篇

柳

所有的树都是用"点"画成的，只有柳，是用"线"画成的。

别的树总有花，或者果实，只有柳，茫然地散出些没有用处的白絮。

别的树是密码紧排的电文，只有柳，是疏落的结绳记事。

别的树适于插花或装饰，只有柳，适于霸陵的折柳送别。

柳差不多已经落伍了，柳差不多已经老朽了，柳什么实用价值都没有——除了美。柳树不是匠人的树，它是诗人的树，情人的树。柳是愈来愈少了，我每次看到一棵柳都会神经紧张地屏息凝视——我怕我有一天会忘记柳。我怕我有一天读到白居易的"何处未春先有思，柳条无力魏王堤"，或是韦庄的"晴烟漠漠柳毵毵"竟必须去翻字典。

柳树从来不能造成森林，它注定是堤岸上的植物，而有些事，翻字典也是没用的，怎么的注释才使我们了解苏堤的柳，在江南的二月天梳理着春风，隋堤的柳怎样茂美如堆烟砌玉的重重帷幕。

柳丝条子惯于伸入水中，去纠缠水中安静的云影和月光。它常常巧妙地逮着一枚完整的水月，手法比李白要高妙多了。

春柳的柔条上暗藏着无数叫作"青眼"的叶蕾，那些眼随兴一张，便喷出几脉绿叶，不几天，所有谷粒般的青眼都拆开了。有人怀疑彩虹的根脚下有宝石，我却总怀疑柳树根下有翡翠——不然，叫柳树去哪里吸收那么多纯净的碧绿呢？

木棉花

所有开花的树看来都该是女性的，只有木棉花是男性的。

木棉树又干又皱，不知为什么，它竟结出那么雪白柔软的木棉，并且以一种不可思议的优美风度，缓缓地自枝头飘落。

木棉花大得骇人，是一种耀眼的橘红色，开的时候连一片叶子的衬托都不要，像一碗红曲酒，斟在粗陶碗里，火烈烈地，有一种不讲理的架势，却很美。

树枝也许是干得狠了，根根都麻绉着，像一只曲张的手——肱是干的、臂是干的，连手肘、手腕、手指头和手指甲都是干的——向天空讨求着什么，撕抓些什么。而干到极点时，树枝爆开了，木棉花几乎就像是从干裂的伤口里吐出来的火焰。

木棉花常常长得极高，那年在广州初见木棉树，不知是不是因为自己年纪特别小，总觉得那是全世界最高的一种树了，广东人叫它英雄树。初夏的公园里，我们疲于奔命地去接拾那些新落的木棉，也许几丈高的树对我们是太高了些，竟觉得每团木棉都是晴空上折翼的云。

木棉落后，木棉树的叶子便逐日浓密起来，木棉树终于变得平凡了，大家也都安下一颗心，至少在明春以前，在绿叶的掩覆下，它不会再暴露那种让人焦灼的奇异的美了。

流苏与《诗经》

三月里的一个早晨，我到台大去听演讲，讲的是"词与画"。

听完演讲，我穿过满屋子的"权威"，匆匆走出，惊讶于十一点的阳光柔美得那样无缺无憾——但也许完美也是一种缺憾，竟至让人忧愁起来。

而方才幻灯片上的山水忽然之间都遥远了，那些绢，那些画纸的颜色都黯淡如一盒久置的香。只有眼前的景致那样真切地逼来，直把我逼到一棵开满小白花的树前，一个植物系的女孩子走过，对我说："这花，叫流苏。"

那花极纤细，连香气也是纤细的，风一过，地上就添了一层纤纤细细的白，但不知怎的，树上的花却也不见少。对一切单薄柔弱的美我都心疼着。总担心他们在下一秒钟就不存在了，匆忙的校园里，谁肯为那些粉簌簌的小花驻足呢？

我不太喜欢"流苏"这个名字，听来仿佛那些花都是垂挂着的，其实那些花全都向上开着，每一朵都开成轻扬上举的十字形——我喜欢十字花科的花，那样简单地交叉的四个瓣。每一瓣之间都是最规矩的九十度，有一种古朴诚恳的美——像一部四言的《诗经》。

如果要我给那棵花树取一个名字，我就要叫它诗经，它有一树美丽的四言。

栀子花

有一天中午，坐在公路局的车上，忽然听到假警报，车子立刻调转方向，往一条不知名的路上疏散去了。

一刹间，仿佛真有一种战争的幻影在蓝得离奇的天空下涌现——当然，大家都确知自己是安全的，因而也就更有心情幻想自己的灾难之旅。

由于是春天，好像不知不觉间就有一种流浪的意味。季节正如大多数的文学家一样，第一季照例总是华美的浪漫主义，这突起的防空演习简直有点郊游趣味，不经任何人同意就自作主张而安排下的一次郊游。

车子走到一个奇异的角落，忽然停了下来，大家下了车，没有野餐的纸盒，大家只好咀嚼山水，天光仍蓝着，蓝得每一种东西都分外透明起来。车停处有一家低檐的人家，在篱边种了好几棵复瓣的栀子花，那种柔和的白色是大桶的牛奶里勾上那么一点子蜜。在阳光的烤炙中凿出一条香味的河。

如果花香也有颜色，玫瑰花香所掘成的河川该是红色的，栀子花的花香所掘的河川该是白色的，但白色有时候比红色更强烈、更震人。

也许由于这世界上有单瓣的栀子花，复瓣的栀子花就显得比一般的复瓣花更复瓣。像是许多叠的浪花，扑在一起，纠住了，扯不开，结成一攒花——这就是栀子花的神话吧！

假的解除警报不久就拉响了，大家都上了车，车子循着该走的正路把各人送入该过的正常生活中去了。而那一树栀子花复瓣的白和复瓣的香都留在不知名的篱落间，径自白着香着。

花拆

花蕾是蛹，是一种未经展示未经破茧的浓缩的美。花蕾是正月的灯谜，未猜中前可以有一千个谜底。花蕾是胎儿，似乎混沌无知，却有时喜欢用强烈的胎动来证实自己。

花的美在于它的无中生有，在于它的穷通变化。有时，一夜之间，花拆了，有时，半个上午，花胖了，花的美不全在色、香，在于那份不可思议。我喜欢慎重其事地坐着看昙花开放，其实昙花并不是太好看的一种花，它的美在于它的仙人掌的身世所给人的沙漠联想，以及它猝然而逝所带给人的悼念。但昙花的拆放却是一种扎实的美，像一则爱情故事，美在过程，而不在结局。有一种月黄色的大昙花，叫"一夜皇后"的，每颤开一分，便震出噗然一声，像绣花绷子拉紧后绣针刺入的声音，所有细致的蕊丝，登时也就跟着一震，那景象常令人不敢久视——看久了不由得要相信花精花魄的说法。

我常在花开满前离去，花拆一停止，死亡就开始。

有一天，当我年老，无法看花拆，则我愿以一堆小小的春桑枕为收报机，听百草千花所打的电讯，知道每一夜花拆的音乐。

春之针缕

春天的衫子有许多美丽的花为锦绣，有许多奇异的香气为熏炉，但真正缝纫春天的，仍是那一针一缕最质朴的棉线——

初生的禾田，经冬的麦子，无处不生的草，无时不吹的风，风中偶起的鹭鸶，鹭鸶足下恣意黄着的菜花，菜花丛中扑朔迷离的黄蝶……

跟人一样，有的花是有名的，有价的，有谱可查的，但有的没有，那些没有品秩的花却纺织了真正的春天。赏春的人常去看盛名的花，但真正的行家却宁可细察春衫的针缕。

酢浆草常是以一种倾销的姿态推出那些小小的紫晶酒盅，但从来不粗制滥造。有一种菲薄的小黄花凛凛然地开着，到晚春时也加入抛散白絮的行列，很负责地制造暮春时节该有的凄迷。还有一种小草莓的花，白得几乎像梨花——让人不由得心里矛盾起来，因为不知道该祈祷留它为一朵小白花，或化它为一盏红草莓。小草莓包括多少神迹啊。如何棕黑色的泥土竟长出灰褐色的枝子，如何灰褐色的枝子会溢出深绿色的叶子，如何深绿色的叶间会沁出珠白的花朵，又如何珠白的花朵已锤炼为一块碧涩的祖母绿，而那块祖母绿又如何终于兑换成浑圆甜蜜的红宝石。

春天拥有许多不知名的树，不知名的花草，春天在不知名的针缕中完成无以名之的美丽。

地毯的那一端

德：

从疾风中走回来，觉得自己像是被浮起来了。山上的草香得那样浓，让我想到，要不是有这样猛烈的风，恐怕空气都会给香得凝冻起来！

我昂首而行，黑暗中没有人能看见我的笑容。白色的芦荻在夜色中点染着凉意。

这是深秋了，我们的日子在不知不觉中临近了。我遂觉得，我的心像一张新帆，其中每一个角落都被大风吹得那样饱满。

星斗清而亮，每一颗都低低地俯下头来。溪水流着，把灯影和星光都流乱了。我忽然感到一种幸福，那样混沌而又陶然的幸福。我从来没有这样亲切地感受到造物的宠爱——真的，我们这样平庸，我总觉得幸福应该给予比我们更好的人。

但这是真实的，第一张贺卡已经放在我的案上了。洒满了细碎精致的透明照片，灯光下展示着一个闪烁而又真实的梦境。画上的金钟摇荡，遥遥地传来美丽的回响。我仿佛能听见那悠扬的音韵，我仿佛能嗅到那沁人的玫瑰花香！而尤其让我神往的，是那几行可爱的祝词："愿婚礼的记忆存至永远，愿你们的情爱与日俱增。"

是的，德，永远在增进，永远在更新，永远没有一个边和底——六年了，我们护守着这份情谊，使它依然焕发，依然鲜洁，正如别人所说的，我们是何等幸运。每次回顾我们的交往，我就仿佛走进博物馆的长廊。其间每一处景物都意味着一段美丽的回忆。每一件东西都牵扯着一个动人的故事。

那样久远的事了。刚认识你的那年才十七岁，一个多么容易犯错误的年纪！但是，我知道，我没有错。我生命中再没有一个决定比这项更正确了。前天，大伙儿一起吃饭，你笑着说："我这个笨人，我这辈子只做了一件聪明的事。"你没有再说下去，妹妹却拍起手来，说："我知道了！"啊，德，我能够快乐地说，我也知道。因为你做的那件聪明事，我也做了。

那时候，大学生活刚刚展开在我面前。台北的寒风让我每日思念南部的家。在那小小的阁楼里，我呵着手写蜡纸。

在草木摇落的道路上，我独自骑车去上学。生活是那样黯淡，心情是那样沉重。在我的日记上有这样一句话："我担心，我会冻死在这小楼上。"而这时候，你来了。你那种毫无企冀的友谊四面环护着我，让我的心触及最温柔的阳光。

我没有兄长，从小我也没有和男孩子同学过。但和你交往却是那样自然，和你谈话又是那样舒服。有时候，我想，如果我是男孩子多么好呢！我们可以一起去爬山，去泛舟。让小船在湖里任意漂荡，任意停泊，没有人会感到惊奇。好几年以后，我将这些想法告诉你，你微笑地注视着我："那，我可不愿意，如果你真想做男孩子，我就做女孩。"而今，德，我没有变成男孩子，但我们可以去遨游，去做山和湖的梦。因为，我们将有更亲密的关系了。啊，想象中终生相爱相随该是多么美好！

那时候，我们穿着学校规定的卡其服。我新烫的头发又总是被风刮得乱蓬蓬的。想起来，我总不明白你为什么那样喜欢接近我。那年大考的时候，我蜷曲在沙发里念书。你跑来，热心地为我讲解英文文法。好心的房东为我们送来一盘春卷，我慌乱极了，竟吃得洒了一裙子。你瞅着我说："你真像我妹妹，她和你一样大。"我窘得不知如何是好，只是一径低着头，假作抖那长长的裙幅。

那些日子真是冷极了。每逢没有课的下午我总是留在小楼上，弹弹风琴，把一本《拜厄琴谱》都快翻烂了。有一天你对我说："我常在楼下听你弹琴。你好像常弹那首《甜蜜的家庭》。怎样？在想家吗？"我很感激你的窃听，唯有你了解、关切我凄楚的心情。德，那个时候，当你独自听着的时候，你想些什么呢？你想到有一天我们会组织一个家庭吗？你想到我们要用一生的时间以心灵的手指合奏这首歌吗？

寒假过后，你把那沓《泰戈尔诗集》还给我。你指着其中一行请我看："如果你不能爱我，就请原谅我的痛苦吧！"我于是知道发生什么事了。我不希望这件事发生，我真的不希望。并非由于我厌恶你，而是因为我太珍重这份素净的友谊，反倒不希望有爱情去加深它的色彩。

但我却乐于和你继续交往。你总是给我一种安全稳妥的感觉。从头起，我就付给你我全部的信任。只是，当时我心中总向往着那种传奇式的、惊心动魄的恋爱。并且喜欢那么一点点的悲剧气氛。为着这些可笑的理由，我耽延着没有接受你的奉献。我奇怪你为什么仍作那样固执的等待。

你那些小小的关怀常令我感动。那年圣诞节你把得来不易的几颗巧克力糖，全部拿来给我了。我爱吃笋豆里的笋子，唯有你注意到，并且耐心地为我挑出来。我常常不晓得照料自己，唯有你想到用自己的外衣披在我身上（我至今不能忘记那衣服的温暖，它在我心中象征了许多意义）。是你，敦促我读书。是你，容忍我偶发的气性。是你，仔细纠正我写作的错误，是你，教导我为人的道理。如果说，我像你的妹妹，那是因为你太像我大哥的缘故。

后来，我们一起得到学校的工读金。分配给我们的是打扫教室的工作。每次你总强迫我放下扫帚，我便只好遥遥地站在教室的末端，看你奋力工作。在炎热的夏季里，你的汗水滴落在地上。我无言地站着，等你扫好了，我就去挥挥桌椅，并且帮你把它们排齐。每次，当我们目光偶然相遇的时候，总感到那样兴奋。我们是这样地彼此了解，我们合作的时候总是那样完美。我注意到你手上的硬茧，它们把那虚幻的字眼十分具体地说明了。我们就在那飞扬的尘影中完成了大学课程——我们的经济从来没有富裕过；我们的日子却从来没有贫乏过。我们活在梦里，活在诗里，活在无穷无尽的彩色希望里。记得有一次我提到玛格丽特公主在她婚礼中说的一句话："世界上从来没有两个人像我们这样快乐过。"你毫不在意地说，"那是因为他们不认识我们的缘故。"我喜欢你的自豪，因为我也如此自豪着。

　　我们终于毕业了，你在掌声中走到台上，代表全系领取毕业证书。我的掌声也夹在众人之中，但我知道你听到了。在那美好的六月清晨，我的眼中噙着欣喜的泪。我感到那样骄傲，我第一次分沾你的成功，你的光荣。

　　"我在台上偷眼看你，"你把系着彩带的文凭交给我，"要不是中国风俗如此，我一走下台来就要把它送到你面前去的。"

　　我接过它，心里垂着沉甸甸的喜悦。你站在我面前，高昂而谦和、刚毅而温柔。我忽然发现，我关心你的成功，远远超过我自己的。

　　那一年，你在军中。在那样忙碌的生活中，在那样辛苦的演习里，你却那样努力地准备研究所的考试。我知道，你是为谁而作的。在凄长的分别岁月里，我开始了解，存在于我们中间的是怎样一种感情。你来看我，把南部的冬阳全带来了。那厚呢的陆战队军服重新唤起我童年时期对于号角和战马的梦。我一直没有告诉你，当时你临别敬礼的镜头烙在我心上有多深。

　　我帮着你搜集资料，把抄来的范文一篇篇断句、注释。我那样竭力地做，怀着无上的骄傲。这件事对我而言有太大的意义。这是第一次，我和你共赴一件事。所以当你把录取通知转寄给我的时候，我竟忍不住哭了。德，没有人经历过我们的奋斗，没有人像我们这样相期相勉，没有人多年来在冬夜图书馆的寒灯下彼此伴读。因此，也就没有人了解成功带给我们的兴奋。

我们又可以见面了，能见到真真实实的你是多么幸福。我们又可以去作长长的散步，又可以蹲在旧书摊上享受一个闲散黄昏。我永不能忘记那次去泛舟。回程的时候，忽然起了大风。小船在湖里直打转，你奋力摇橹，累得一身都汗湿了。

"我们的道路也许就是这样吧！"我望着平静而险恶的湖面说，"也许我使你的负担更重了。"

"我不在意，我高兴去搏斗！"你说得那样急切，使我不敢正视你的目光，"只要你肯在我的船上，晓风，你是我最甜蜜的负荷。"

那天我们的船顺利地拢了岸。德，我忘了告诉你，我愿意留在你的船上，我乐于把舵手的位置给你。没有人能给我像你给我的安全感。

只是，人海茫茫，那里是我们共济的小舟呢？这两年来，为着成家的计划，我们劳累到几乎虐待自己的地步。每次，你快乐的笑容总鼓励着我。

那天晚上你送我回宿舍，当我们迈上那斜斜的山坡，你忽然驻足说："我在地毯的那一端等你！我等着你，晓风，直到你对我完全满意。"

我抬起头来，长长的道路伸延着，如同圣坛前柔软的红毯。我迟疑了一下，便踏向前去。

现在回想起来，已不记得当时是否是个月夜了，只觉得你诚挚的言辞闪烁着，在我心中亮起一天星月的清辉。

"就快了！"那以后你常乐观地对我说，"我们马上就可以有一个小小的家。你是那屋子的主人，你喜欢吧？"

我喜欢的，德，我喜欢一间小小的陋屋。到天黑时分我便去拉上长长的落地窗帘，捻亮柔和的灯光，一同享受简单的晚餐。但是，哪里是我们的家呢？哪儿是我们自己的宅院呢？

你借来一辆半旧的脚踏车，四处去打听出租的房子，每次你疲惫不堪地回来，我就感到一种痛楚。

"没有合意的，"你失望地说，"而且太贵，明天我再去看。"

我没有想到有那么多困难，我从不知道成家有那么多琐碎的事，但至终我们总算找到一栋小小的屋子了。有着窄窄的前庭，以及矮矮的榕树。朋友笑它小得像个巢，但我已经十分满意了。无论如何，我们有了可以憩息的地方。当你把钥匙交给我的时候，那重量使我的手臂几乎为之下沉。它让我想起一首可爱的英文诗："我是一个持家者吗？哦，是的。但不止，我还得持护着一颗心。"我知道，你交给我的钥匙也不止此数。你心灵中的每一个空间我都持有一枚钥匙，我都有权径行出入。

亚寄来一卷录音带，隔着半个地球，他的祝福依然厚厚地绕着我。那样多好心的朋友来帮我们整理。擦窗子的，补纸门的，扫地的，挂画儿的，插花瓶的，拥拥熙熙地挤满了一屋子。我老觉得我们的小屋快要炸了，快要被澎湃的爱情和友谊撑破了。你觉得吗？他们全都兴奋着，我怎能不兴奋呢？我们将有一个出色的婚礼，一定的。

这些日子我总是累着。去试礼服，去订鲜花，去买首饰，去选窗帘的颜色。我的心像一座喷泉，在阳光下涌溢着七彩的水珠儿。各种奇特复杂的情绪使我眩昏。有时候我也分不清自己是在快乐还是在茫然，是在忧愁还是在兴奋。我眷恋着旧日的生活，它们是那样可爱。我将不再住在宿舍里，享受阳台上的落日。我将不再偎在母亲的身旁，听她长夜话家常。而前面的日子又是怎样的呢？德，我忽然觉得自己好像要被送到另一个境域里去了。那里的道路是我未走过的，那里的生活是我过不惯的，我怎能不惴惴然呢？如果说有什么可以安慰我的，那就是：我知道你必定和我一同前去。

冬天就来了，我们的婚礼在即。我喜欢选择这季节，好和你厮守一个长长的严冬。我们屋角里不是放着一个小火炉吗？当寒流来时，我愿其中常闪耀着炭火的红光。我喜欢我们的日子从黯淡凛冽的季节开始，这样，明年的春花才对我们具有更美的意义。

我即将走入礼堂，德，当结婚进行曲奏响的时候，父亲将挽着我，送我走到坛前，我的步履将凌过如梦如幻的花香。那时，你将以怎样的微笑迎接我呢。

我们已有过长长的等待，现在只剩下最后的一段了。等待是美的，正如奋斗是美的一样，而今，铺满花瓣的红毯伸向两端，美丽的希冀盘旋而飞舞。我将去即你，和你同去采撷无穷的幸福。当金钟轻摇，蜡炬燃起，我乐于走过众人去立下永恒的誓愿。因为，哦，德，因为我知道，是谁，在地毯的那一端等我。

初绽的诗篇

白莲花

二月的冷雨浇湿了一街的路灯，诗诗。

生与死，光和暗，爱和苦，原来都这般接近。

而诗诗，这一刻，在待产室里，我感到孤独，我和你，在我们各人的世界里孤独，并且受苦。诗诗，所有的安慰，所有怜惜的目光为什么都那么不切实际？谁会了解那种疼痛，那种曲扭了我的身体，击碎了我的灵魂的疼痛！我挣扎，徒然无益地哭泣，诗诗，生命是什么呢？是崩裂自伤痕的一种再生吗？

雨在窗外，沉沉的冬夜在窗外，古老的炮仗在窗外，世界又宁谧又美丽。而我，诗诗，何处是我的方向？如果我死，这将是我躺过的最后一张床，洁白的，隔在待产室幔后的床。我留我的爱给你，爱是我的名字，爱是我的写真。有一天，当你走过蔓草荒烟，我便在那里向你轻声呼喊——以风声，以水响。

诗诗，黎明为何这样遥远，我的骨骼在山崩，我的血液在倒流，我的筋络像被灼般地纠起，而诗诗，你在那里？

他们推我入产房，诗诗，人间有比这孤绝的地方吗？那只手被隔在门外——那终夜握着我的手，那多年前在月光下握着我的手。他的目光，他的祈祷，他的爱，都被关在外面，而我，独自步向不可测的命运。

所有的脸退去，所有的往事像一只弃置的牧笛。室中间，一盏大灯俯向我仰起的脸，像一朵倒生的莲花，在虚无中燃烧着千层洁白。花是真，花是幻，花是一切，诗诗。

今夜太长，我已疲倦，疲于挣扎，我只想嗅嗅那朵白莲花，嗅嗅那亘古不散的幽香。

花是你，花是我，花是我们永恒的爱情，诗诗。

四月的迷迭香

似乎是四月，似乎是原野，似乎是蝶翅乱扑的花之谷。

"呼吸，深深地呼吸吧！"从遥远的地方，有那样温柔的声音传来。

我在何处，诗诗，疼痛渐远，我听见金属的碰声，我闻着那样沁人的香息。你在何处，诗诗。

"用力！已经看见头了！用力！"

诗诗，我是星辰，在崩裂中涣散。而你，诗诗，你是一颗全新的星，新而亮，你的光将照彻今夜。

诗诗，我忽然感到十字架并不可怕，髑髅地并不可怕，荆棘冠冕并不可怕，孤绝并不可怕——如果有对象可以爱，如果有生命可为之奉献，如果有理想可前去流血。

"呼吸，深深地呼吸。"

何等的迷迭香，诗诗，我就浮在那样的花香里，浮在那样无所惧的爱里。

早晨已经来，万象寂然，宇宙重新回到太古，混沌而空虚，只有迷迭香，沁人如醉的迷迭香，诗诗，你在哪里？

我仍清楚地感到手术刀的宰割，我仍能感到温热的血在流，血，以及泪。

我仍感觉到我苦苦的等待。

歌手

像高悬的瀑布，你猝然离开了我。

"恭喜啊，是男孩。"

"谢谢。"我小声地说，安慰，而又悲哀。

我几乎可以听到他们剪断脐带的声音，我们的生命就此分割了，分割了，以一把利剪，诗诗，而今而后，虽然表面上我们将住在一个屋子里，我将乳养你，抱你，亲吻你，用歌声送你去每晚的梦中，但无论如何，你将是你自己了。你的眼泪，你的欢笑，都将与我无份，你将扇动你自己的羽翼，飞向你自己的晴空。

诗诗，可是我为什么哭泣，为什么我老想着要挽回什么。

世上有什么角色比母亲更孤单，诗诗，她们是注定要哭泣的，诗诗，容我牵你的手，让我们尽可能地接近。而当你飞翔时，容我站在较高的山头上，去为你担心每一片过往的云。

他们为什么不给我看你的脸，我疲惫地沉默着。但忽然，我听见你的哭。

那是一首诗，诗诗。

这是一种怎样的和谐呢？啼哭，却充满欢欣，你像你的父亲，有着美好的 Tenor 嗓子，我一听就知道。

而诗诗，我的年幼的歌手，什么是你的主题呢？一些赞美？一些感谢？一些敬畏？一些迷惘？但不管如何，它们感动了我，那样简单的旋律。

诗诗，让你的歌持续，持续在生命的死寂中。诗诗，我们不常听到流泉，我们不常听到松风，我们不常有伯牙，不常有瓦格纳，但我们永远有婴孩。有婴孩的地方便有音乐，神秘而美丽，像传抄自重重叠叠的天外。

诗诗，歌手，愿你的生命是一支庄严的歌，有声，或者无声，去充满人心的溪谷。

丁大夫和画

丁大夫来自很远的地方，诗诗，很远很远的爱尔兰，你不曾知道他，他不曾知道你。当他还是一个吹着风笛的小男孩，他何尝知道半个世纪以后，他将为一个黑发黑睛的孩子引渡？诗诗，是一双怎样的手安排他成为你所见到的第一张脸孔？

他有多么好看的金发和金眉，他和善的眼神和红扑扑的婴儿般的脸颊使人觉得他永远都在笑。

当去年初夏，他从化验室中走出来，对我说"恭喜你"的时候，我真想吻他的手。他明亮的浅棕色的眼睛里充满了了解和美善，诗诗，让我们爱他。

而今天早晨，他以钳子钳你巨大的头颅，诗诗，于是你就被带进世界。

当一切结束，终夜不曾好睡的他舒了一口气。有人在为我换干净的褥单，他忽然说：

"看啊，我可以到巴黎去，我画得比他们好。"

满室的护士都笑了，我也笑，忽然，我才发现我疲倦得有多么厉害。

他们把那幅画拿走了，那幅以我的血我的爱绘成的画，诗诗，那是你所见的第一幅画，生和死都在其上，诗诗，此外不复有画。

推车，甜蜜的推车，产房外有忙碌的长廊，长廊外有既忧苦又欢悦的世界，诗诗。

丁大夫来到我的床边，和你愕然的父亲握手。

"让我们来祈祷。"他说，合上他厚而大的巴掌——那是医治者的掌，也是祈祷者的掌，我不知道我更爱他的哪一种掌。

"上帝，我们感谢你，

因为你在地上造了一个新的人，

保守他，使他正直，

帮助他，使他有用。"

诗诗，那时，我哭了。

诗诗，廿七年过去，直到今晨，我方忽然发现，什么是人；我才了解，什么是生存；我才彻悟，什么是上帝。

诗诗，让我们爱他，爱你生命中第一张脸，爱所有的脸——可爱的，以及不可爱的；圣洁的，以及有罪的；欢愉的，以及悲哀的。直爱到生命的末端，爱你黑瞳中最后的脸。

诗诗。

红樱

无端的，我梦见夹道的红樱。

梦中的樱树多么高，多么艳，我的梦遂像史诗中的特洛伊城，整个地被燃着了，我几乎可以听见火焰的噼啪声。

而诗诗，我骑一辆跑车，在山路上曲折而前。我觉得我在飞。

于是，我醒来，我仍躺在医院白得出奇的被褥上。那些樱花呢？那些整个春季里真正只能红上三五天的樱瓣呢？

因此就想起那些山水，那些花鸟，那些隔在病室之外的世界。诗诗，我曾狂热地爱过那一切，但现在，我却被禁锢，每天等待四小时一次的会面，等待你红于樱的小脸。

当你偶然微笑，我的心竟觉得容不下那么多的喜悦，所谓母亲，竟是那么卑微的一个角色。

但为什么，当我自一个奇特的梦中醒来，我竟感到悲哀。春花的世界似乎离我渐远了，那种悠然的岁月也向我挥手作别。而今而后，我只能生活在你的世界里，守着你的摇篮，等待你的学步，直到你走出我的视线。

我闭上眼睛，想再梦一次樱树——那些长在野外，临水自红的樱树，但它们竟不肯再来了。

想起十六岁那年，站在女子中学的花园里所感到的眩晕。那年春天，波斯菊开得特别放浪，我站在花园中间，四望皆花，真怕自己会被那些美所击昏。

而今，诗诗，青春的梦幻渐渺，余下唯一比真实更真实，比美善更美善的，那就是你。

但诗诗，你是什么呢？是我多梦的生命中最后的一梦吗？

祝福那些仍眩晕在花海中的少年，我也许并不羡慕他们。但为什么？诗诗，我感到悲哀，在白贝壳般的病房中，在红樱亮得人眼花的梦后。

在静夜里

你洞悉一切，诗诗，虽然言语于你仍陌生。而此刻，当你熟睡如谷中无风处的小松，让我的声音轻掠过你的梦。

如果有人授我以国君之荣，诗诗，我会退避，我自知并非治世之才。如果有人加我以学者之尊，我会拒绝，诗诗，我自知并非渊博之士。

但有一天，我被封为母亲，那荣于国君尊于学者的地位，而我竟接受。诗诗，因此当你的生命在我的腹中被证实，我便惶然，如同我所孕育的不只是一个婴儿，而是一个宇宙。

世上有何其多的女子，敢于自卑一个母亲的位分，这令我惊奇，诗诗。

我曾努力于做一个好女孩，一个好学生，一个好的教师，一个好的人。但此刻，我知道，我最大的荣誉将是一个好的母亲。

当你的笑意，在深夜秘密的梦中展现，我就感到自己被加冕。而当你哭，闪闪的泪光竟使东方神话中的珠宝全为之失色。当你的小膀臂如萝藤般缠绕着我，每一个日子都是神圣的母亲节。当你晶然的小眼望着我，遍地都开着五月的康乃馨。

因此，如果我曾给你什么，我并不知道。我只知道，你给我的令我惊奇，令我欢悦，令我感戴。

想象中，如果有一天你已长大，大到我们必须陌生，必须误解，那将是怎样的悲哀。故此，我们将尽力去了解你，认识你，如同岩滩之于大海。我愿长年地守望你，熟悉你的潮汐变幻，了解你的每一拍波涛。我将尝试着同时去爱你那忧郁沉静的蓝和纯洁明亮的白——甚至风雨之夕的灰浊。

如果我的爱于你成为一种压力，如果我的态度过于笨拙，那么，请你原谅我，诗诗，我曾诚实地期望为你作最大的给付，我曾幻想你是世间最幸福的孩童。如果我没有成功，你也足以自豪了。

我从不认为"天下无不是的父母"，如果让全能者来裁判，婴儿永远纯洁于成人。如果我们之间有一人应向另一人学习，那便是我。帮助我，孩子，让我自你学习人间的至善。我永不会要求你顺承我，或者顺承传统，除了造物者自己，大地上并没有值得你顶礼膜拜的金科玉律。世间如果有真理，那真理自在你的心中。

若我有所祈求，若我有所渴望，那便是愿你容许我更多爱你，并容许我向你支取更多的爱。在这无风的静夜里，愿我的语言环绕你，如同远远近近的小山。

如果你是天使

如果你是天使，诗诗，我怎能想象如果你是天使。

若是那样，你便不会在夜静时啼哭，用那样无助的声音向我说明你的需要，我便不会在寒冷的冬夜里披衣而起，我便无法享受拥你在我的双臂中，眼见你满足地重新进入酣睡的快乐。

如果你是天使，诗诗，你便不会在饥饿时转动你的颈子，嘬着小嘴急急地四下索乳。诗诗，你永不知道你那小小的动作怎样感动着我的心。

如果你是天使，在每个宁馨的午觉后，你便不会悄无声息地爬上我的大床，攀着我的脖子，吻我的两颊，并且咬我的鼻子，弄得我满脸唾津，而诗诗，我是爱这一切的。

如果你是天使，你不会钻在桌子底下，你便不会弄得满手污黑，你便不会把墨水涂得一脸，你便不会神通广大地把不知何处弄到的油漆抹得一身，但，诗诗，每当你这样做时，你就比平常可爱一千倍。如果你是天使，你便不会扶着墙跌跌撞撞地学走路，我便无缘欣赏倒退着逗你前行的乐趣。而你，诗诗，每当你能够多走几步，你便笑倒在地，你那毫无顾忌的大笑，震得人耳麻，天使不会这些，不是吗？

并且，诗诗，天使怎会有属于你的好奇，天使怎会蹲在地上看一只细小的黑蚁，天使怎会在春天的夜晚讶然地用白胖的小手，指着满天的星月，天使又怎会没头没脑地去追赶一只笨拙的鸭子，天使怎会热心地模仿邻家的狗吠，并且学得那么酷似。

当你做坏事的时候，当你伸手去拿一本被禁止的书，当你蹑着脚走近花钵，你那四下溜目的神色又多么令人绝倒，天使从来不做坏事，天使温驯的双目中永不会闪过你做坏事时那种可爱的贼亮，因此，天使远比你逊色。

而每天早晨，当我拿起手提包，你便急急地跑过来抱住我的双腿，你哭喊，你抓撕，作无益的挽留——你不会如此的，如果你是天使——但我宁可你如此，虽然那是极伤感的时刻，但当我走在小巷里，你那没有掩饰的爱便使我哽咽而喜悦。

如果你是天使，诗诗，我便不会听到那样至美的学话的呀呀，我不会因听到简单的"爸爸""妈妈"而泫然，我不会因你说了串无意义的音符便给你那么多亲吻，我也不会因你在"爸妈"之外，第一个会说的字是"灯"便肯定灯是世间最美丽的东西。

如果你是天使，你决不会唱那样难听的歌，你也不会把小钢琴敲得那么刺耳，不会撕坏刚买的图画书，不会扯破新买的衣服，不会摔碎妈妈心爱的玻璃小鹿，不会因为一件不顺心的事而乱蹬着两条结实的小腿，并且把小脸涨得通红。但为什么你那小小的坏事使我觉得可爱，使我预感到你性格中的弱点，因而觉得我们的接近，并且因而觉得宠爱你的必要。

也许你会有更清澈的眼睛，有更红嫩的双颊，更美丽的金发和更完美的性格——如果你是天使。但我不需要那些，我只满意于你，诗诗，只满意于人间的孩童。

让天使们在碧云之上鼓响他们快乐的翅，我只愿有你，在我的梦中，在我并不强壮的臂膀里。

贝展

让我们去看贝壳展览，诗诗，让我们去看那光彩的属于海上的生命。

而海，诗诗，海多么遥远，那吞吐着千浪的海，那潜藏着鱼龙的海，那使你母亲的梦境为之芬芳的海。

海在何处？诗诗，它必是在千山之外，我已久违了那裂岸的惊涛，我已遗忘了那溺人的柔蓝，眼前只有贝，只有博物馆灯下的彩晕向我见证那澎湃的所在。

诗诗！这密雨的初夏，因一室的贝壳而忧愁了，那些多色的躯壳，似乎只宜于回响一首古老的歌，一段被人遗忘的诗。但人声嘈杂，人潮汹涌。有谁回顾那曾经蠕动的生命，有谁怜惜那永不能回到海中的旅魂。

　　而你，你童稚的黑睛中只曾看见彩色的斑斓，那些美丽于你似乎并不惊奇，所有的美好，在你都是一种必然，因你并不了解丑陋为何物。丑陋远在你的经验之外。

　　从某一个玻璃柜走过，我突然驻足不前，那收藏者的名字乍然刺痛了我，那曾经响亮的名字如今竟被压在一列寂寞的贝壳之下，记得他中年后仍炯然的双目，他的多年来仍时常夹着激愤的声音，但数年不见，何图竟在冷冷的玻璃板下遇见他的名字，想着他这些年的岁月，心中便凄然，而诗诗，你不会懂得这些——当然，也许有一天你会懂。啊，想到你会懂，我便欲哭。当初我的母亲何尝料到我会懂这一切，但这一天终会来的，伊甸园的篱笆终会倾倒。

　　且让我们看这些贝，诗诗，这些空洞的躯壳多么像一畦春花，明艳而闪烁。看那碎红，看那皎白，看那沉紫，看那腻黄，诗诗，看那悲剧性的生命。

　　六月的下午，诗诗，站在千形的贝前，我们怎得不垂泪，为死去的贝，为老去的拾贝人，为逸去的恋海的梦。

　　诗诗，不要抬起你惊异的小眼，不要探询，且把玩这一枚我为你买的透明的小贝。有一天，或许有一天，我们把它带回海边，重放它入那一片不损不益的明蓝。

蝉鸣季

七月了，诗诗。蝉鸣如网，撒自古典的蓝空，蝉鸣破窗而来，染绿了我们的枕席。

诗诗，你的小嘴吱然作声，那么酷似地模仿着，像模仿什么美丽的咏叹调。而诗诗，蝉在何处，在尤加利最高的枝梢上，在晴空最低的流云上，抑或在你常红的两唇上。

而当你笑，把七月的绚丽，垂挂在你细眯的眼睫外，你可曾想及那悲剧的生命，那十几年在地下，却只留一夏在南来的熏风中的蝉？而当他歌唱，我们焉知那不是一种深沉的静穆？

蝉鸣浮在市声之上，蝉鸣浮在凌乱的楼宇之上，蝉鸣是风，蝉鸣是止不住的悲悯。诗诗，让我们爱这最后的，挣扎在城市里的音乐。

曾有一天黄昏，诗诗，曾有一天黄昏，你的母亲走向阳明山半山的林荫里，年轻人的营地里有一个演讲会。一折入那鼓着山风的小径，她的心便被回忆夺去。十年了，小径如昔，对面观音山的霞光如昔，千林的蝉声如昔。但十年过去，十年前柔蓝的长裙不再，十年前的马尾结不再，诗诗，我该坦然，或是驻足太息。

那一年，完整的四个季节，你的母亲便住在这山上，杜鹃来潮时，女孩子的梦便对着窗户的微云绽开。那男孩总是从这条山径走来——那男孩，诗诗，曾和你母亲在小径上携手的，曾和你母亲在山泉中濯足的，现在每天黄昏抱你在他的膝上，让你用白蚕似的小指头去采他的胡楂。

诗诗，蝉声翻腾的小径里，十年便如此飞去。诗诗，那男孩和那女孩的往事被吹在茫然的晚风里，美丽，却模糊——如同另一个山头的蝉鸣。

偶低头，一只尚未蜕皮的蝉正笨拙地走向相思林，微温的泥沾在它身上，有一种说不出的动人。

她，你的母亲，或者说那女孩吧——我并不知道她是谁——把它拣起。

它的背上裂着一条神秘的缝，透过那条缝，壳将死，蝉将生，诗诗，蝉怎能不是一首诗。

那天晚上，灯下蝉静静地展示它黑艳的身躯，诗诗，这是给你的。诗诗，蝉声恒在，但我们只能握着今岁的七月，七月的风，风中的蝉。

七月一过，蝉声便老。熏风一过，蝉便不复是蝉，你不复是你。诗诗，且让我们听这长夏欢悦而惆怅的咏叹调，听这生命的神秘跫音，响自这城市中最后的凉柯。

花担

诗诗，春天的早晨，我看见一个女人沿着通往城市的路走来。

她以一根扁担，担着两筐子花。诗诗你能不惊呼吗？满满两大筐水晶一般硬挺而透明的春花。

一筐在前，一筐在后，她便夹在两筐璀璨之间。半截青竹剖成的扁担微作弓形，似乎随时都准备要射发那两筐箭镞般的待放的春天。

淡淡的清芬随着她的脚步，一路散播过来。当农人在水田里插那些半吐的青色秧针，她便在黑柏油的路上插下恍惚的香气。诗诗，让我们爱那些香气，从春泥中酿成的香气。

当她行近，诗诗，当她的脸骤然像一张距离太近的画贴近我时，我突然怔住了。汗水自她的额际流下，将她的土布衫子弄湿了。我忍不住自责，我只见到那些缤纷的彩色，但对她而言，那是何等的负荷，她吃力地走着，并不强壮的肩膀被压得微微倾斜。

诗诗，生命是一种怎样的负担？

当她走远，我仍立在路旁，晨露未晞，青色的潮意四面环绕着我们。诗诗，我迷惘地望着她，和她那逐渐没入市尘的模糊的花担。

她是快乐的呢？还是痛苦的呢？

诗诗，担着那样的担子是一种怎样的感觉呢？走这样的一段路又是怎样的一段路呢？想着想着，我的心再度自责，我没有资格怜悯她，我只该有敬意——对负重者的敬意。

那天早晨，当我们从路旁走开，我忽然感到那担子的重量也压在我的两肩上。所有美丽的东西似乎总是沉重的——但我们的痛苦便是我们的意义，我们的负荷便是我们的价值，诗诗，世上怎能有无重量的鲜花？人间怎能有廉价的美丽？

诗诗，且将你的小足举起，让我们沿着那女人走过的路回去。诗诗，当你的脚趾初履大地的那一天，荆棘和碎石便在前路上埋伏着了。诗诗，生命的红酒永远榨自破碎的葡萄，生命的甜汁永远来自压干的蔗茎，今年春天，诗诗，今年春天让我们试着去了解，去参透。诗诗，让我们不再祈祷自己的双肩轻松，让我们只祈祷我们挑着的是满筐满篓的美丽。

诗诗，愿今晨的意象常在我们心中，如同光热常在春阳中。

第一首诗

　　诗诗，冬天的黄昏，雨的垂帘让人想起江南，你坐在我的膝上，美好的宽额有如一块湿润的白玉。

　　于是，开始了我们的第一首诗：

　　床前明月光
　　疑是地上霜
　　举头望明月
　　低头思故乡

　　诗诗，简单的字，简单的旋律，只两遍，你就能上口了。你高兴地嚷着，把它当成一支新学会的歌，反复地吟诵，不满两岁的你竟能把抑扬顿挫控制得那么好。

　　满城的灯光像秋后的果实，一枚枚地在窗外亮了起来，我却木然地垂头，让泪水在渐沉的暮霭中纷落。

　　诗诗，诗诗，怎样的一首诗，我们的第一首诗。在这样凄惶的异乡黄昏，在窗外那样陌生的棕榈树下，我们开始了生命中的第一首诗，那样美好的，又那样哀伤的绝句。

八岁，来到这个岛上，在大人的书堆里搜出一本唐诗，糊里糊涂地背了好些，日子过去，结了婚，也生了孩子，才忽然了解什么是乡愁。想起那一年，被爷爷带着去散步，走着走着，天暮地黑了，我焦急地说：

"爷爷，我们回家吧！"

"家？不，那不是家，那只是寓。"

"寓？"我更急了，"我们的家不是家吗？"

"不是，人只有一个家，一个老家，其他的地方都是寓。"

如果南京是寓，新生南路又是什么？

诗诗，请停止念诗吧，客中的孤馆无月也无霜。我不明白我为什么在冬日的黄昏里想起这首诗，更不明白为什么把它教给稚龄的你。诗诗，故乡是什么，你不会了解，事实上，连我也不甚了解，除了那些模糊的记忆，我只能向故籍中去体认那"三秋桂子"的故国，那"十里荷花"的故国。但于你呢？永忘不了那天你在客人面前表演完了吟诗，忽然被突来的问题弄乱了手脚。

"你的故乡在哪里？"

你急得满房子乱找，后来却又宽慰地拍着口袋说："在这里。"满堂的笑声中我却忍不住地心痛如绞。

在哪里呢？诗诗，一水之隔，一梦之隔，在哪里呢？

诗诗，当有一天，当你长大，当你浪迹天涯，在某一个月如素练的夜里，你会想起这首诗。那时，你会低首无语，像千古以来每个读这首诗的人。那时候，你的母亲又将安在？她或许已合上那忧伤多泪的眼，或许仍未合上，但无论如何，她会记得，在那个宁静的冬日黄昏，她曾抱你在膝上，一起轻诵过那样凄绝的句子。

让我们念它，诗诗，让我们再念：

床前明月光

疑是地上霜

举头望明月

低头思故乡

母亲的羽衣

讲完了牛郎织女的故事，细看儿子已经垂睫睡去，女儿却犹自瞪着红红的眼睛。

忽然，她一把抱紧我的脖子把我赘得发疼：

"妈妈，你说，你是不是仙女变的？"

我一时愣住，只胡乱应道：

"你说呢？"

"你说，你说，你一定要说。"她固执地扳住我不放，"你到底是不是仙女变的？"

我是不是仙女变的？——哪一个母亲不是仙女变的？

像故事中的小织女，每一个女孩都曾住在星河之畔，她们织虹纺霓，藏云捉月，她们几曾烦心挂虑？她们是天神最偏怜的小女儿，她们终日临水自照，惊讶于自己美丽的羽衣和美丽的肌肤，她们久久凝注着自己的青春，被那份光华弄得痴然如醉。

而有一天，她的羽衣不见了，她换上了人间的粗布——她已经决定做一个母亲。有人说她的羽衣被锁在箱子里，她再也不能飞翔了。人们还说，是她丈夫锁上的，钥匙藏在极秘密的地方。

可是，所有的母亲都明白那仙女根本就知道箱子在哪里，她也知道藏钥匙的所在，在某个无人的时候，她甚至会惆怅地开启箱子，用忧伤的目光抚摸那些柔软的羽毛，她知道，只要羽衣一着身，她就会重新回到云端，可是她把柔软白亮的羽毛拍了又拍，仍然无声无息地关上箱子，藏好钥匙。

是她自己锁住那身昔日的羽衣的。

她不能飞了，因为她已不忍飞去。

而狡黠的小女儿总是偷窥到那藏在母亲眼中的秘密。

许多年前，那时我自己还是小女孩，我总是惊奇地窥伺着母亲。

她在口琴背上刻了小小的两个字——"静鸥"，那里面有什么故事吗？那不是母亲的名字，却是母亲名字的谐音，她也曾梦想过自己是一只静栖的海鸥吗？她不怎么会吹口琴，我甚至想不起她吹过什么好听的歌，但那名字对我而言是母亲神秘的羽衣，她轻轻写那两个字的时候，她可以立刻

变了一个人，她在那名字里是另外一个我所不认识的有翅的
什么。

母亲晒箱子的时候是她另外一种异常的时刻，母亲似乎
有好些东西，完全不是拿来用的，只为放在箱底，按时年年
在三伏天取出来暴晒。

记忆中母亲晒箱子的时候就是我兴奋欲狂的时候。

母亲晒些什么？我已不记得，记得的是樟木箱子又深又
沉，像一个混沌黝黑初生的宇宙，另外还记得的是阳光下竹
竿上富丽夺人的颜色，以及怪异却又严肃的樟脑味，以及我
在母亲喝禁声中东摸摸西探探的快乐。

我唯一真正记得的一件东西是幅漂亮的湘绣被面，雪白
的缎子上，绣着兔子和翠绿的小白菜，和红艳欲滴的小杨花
萝卜，全幅上还绣了许多别的令人惊讶赞叹的东西，母亲一
边整理，一面会忽然回过头来说："别碰，别碰，等你结婚
就送给你。"

我小的时候好想结婚，当然也有点害怕，不知为什么，
仿佛所有的好东西都是等结了婚就自然是我的了，我觉得一
下子有那么多好东西也是怪可怕的事。

那幅湘绣后来好像不知怎么就消失了，我也没有细问。
对我而言，那么美丽得不近真实的东西，一旦消失，是一件

合理得不能再合理的事。譬如初春的桃花，深秋的枫红，在我看来都是美丽得违了规的东西，是茫茫大化一时的错误，才胡乱把那么多的美推到一种东西上去，桃花理该一夜消失的，不然岂不教世人都疯了？

湘绣的消失对我而言简直就是复归大化了。

但不能忘记的是母亲打开箱子时那份欣悦自足的表情，她慢慢地看着那幅湘绣，那时我觉得她忽然不属于周遭的世界，那时候她会忘记晚饭，忘记我扎辫子的红绒绳。她的姿势细想起来，实在是仙女依恋地轻抚着羽衣的姿势，那里有一个前世的记忆，她又快乐又悲哀地将之一一拾起，但是她也知道，她再也不会去拾起往昔了——唯其不会重拾，所以回顾的一刹那更特别得深情凝重。

除了晒箱子，母亲最爱回顾的是早逝的外公对她的宠爱，有时她胃痛，卧在床上，要我把头枕在她的胃上，她慢慢地说起外公。外公似乎很舍得花钱（当然也因为有钱），总是带她上街去吃点心，她总是告诉我当年的肴肉和汤包怎么好吃，甚至煎得两面黄的炒面和女生宿舍里早晨订的冰糖豆浆（母亲总是强调"冰糖"豆浆，因为那是比"砂糖"豆浆更为高贵的）都是超乎我想象力之外的美味，我每听她说那些事的时候，都惊讶万分——我无论如何不能把那些事和母亲联想在一起，我从有记忆起，母亲就是一个吃剩菜的角色，红烧肉和新炒的蔬菜简直就是理所当然地放在父亲面前的，她自己的面前永远是一盘杂拼的剩菜和一碗"擦锅饭"（擦锅饭就是把剩饭在炒完菜的剩锅中一炒，把锅中的菜汁都擦干净了的那种饭），我简直想不出她不吃剩菜的时候是什么样子。

而母亲口里的外公，上海、南京、汤包、肴肉全是仙境里的东西，母亲每讲起那些事，总有无限的温柔，她既不感伤，也不怨叹，只是那样平静地说着。她并不要把那个世界拉回来，我一直都知道这一点，我很安心，我知道下一顿饭她仍然会坐在老地方吃那盘我们大家都不爱吃的剩菜。而到夜晚，她会照例一个门一个窗地去检点去上闩。她一直都负责把自己牢锁在这个家里。

哪一个母亲不曾是穿着羽衣的仙女呢？只是她藏好了那件衣服，然后用最黯淡的一件粗布把自己掩藏了，我们有时以为她一直就是那样的。

而此刻，那刚听完故事的小女儿鬼鬼地在窥伺着什么？

她那么小，她何由得知？她是看多了卡通，听多了故事吧？她也发现了什么吗？

是在我的集邮本偶然被儿子翻出来的那一刹那吗？是在

我拣出石涛画册或汉碑并一页页细味的那一刻吗？是在我猛然回首听他们弹一阕熟悉的钢琴练习曲的时候吗？抑是在我带他们走过年年的春光，不自主地驻足在杜鹃花旁或流苏树下的一瞬间吗？

或是在我动容地托住父亲的勋章或童年珍藏的北平画片的时候，或是在我翻拣夹在大字典里的干叶之际，或是在我轻声地教他们背一首唐诗的时候……

是有什么语言自我眼中流出呢？是有什么音乐自我腕底泻过吗？为什么那小女孩会问道：

"妈妈，你是不是仙女变的呀？"

我不是一个和千万母亲一样安分的母亲吗？我不是把属于女孩的羽衣收招得极为秘密吗？我在什么时候泄露了自己呢？

在我的书桌底下放着一个被人弃置的木质砧板，我一直想把它挂起来当一幅画，那真该是一幅庄严的，那样承受过万万千千生活的刀痕和凿印的，但不知为什么，我一直也没有把它挂出来……

天下的母亲不都是那样平凡不起眼的一块砧板吗？不都是那样柔顺地接纳了无数尖锐的割伤却默无一语的砧板吗？

而那小女孩，是凭什么神秘的直觉，竟然会问我：

"妈妈，你到底是不是仙女变的？"

我掰开她的小手，救出我被吊得酸麻的脖子，我想对她说：

"是的，妈妈曾经是一个仙女，在她做小女孩的时候，但现在，她不是了，你才是，你才是一个小小的仙女！"

但我凝注着她晶亮的眼睛，只简单地说了一句：

"不是，妈妈不是仙女，你快睡觉。"

"真的？"

"真的！"

她听话地闭上了眼睛，旋又不放心睁开。

"如果你是仙女，也要教我仙法哦！"

我笑而不答，替她把被子掖好，她兴奋地转动着眼珠，不知在想什么。

然后，她睡着了。

故事中的仙女既然找回了羽衣，大约也回到云间去睡了。

风睡了，鸟睡了，连夜也睡了。

我守在两张小床之间，久久凝视着他们的睡容。

爱情篇

两岸

我们总是聚少离多，如两岸。

如两岸——只因我们之间恒流着一条莽莽苍苍的河。我们太爱那条河，太爱太爱，以致竟然把自己站成了岸。

站成了岸，我爱，没有人勉强我们，我们自己把自己站成了岸。

春天的时候，我爱，杨柳将此岸绿遍，漂亮的绿绦子潜身于同色调的绿波里，缓缓地向彼岸游去。河中有萍，河中有藻，河中有云影天光，仍是《国风·关雎》篇的河啊，而我，一径向你泅去。

我向你泅去，我正遇见你，向我泅来——以同样柔和的柳条。我们在河心相遇，我们的千丝万绪秘密地牵起手来，在河底。

只因为这世上有河，因此就必须有两岸，以及两岸的绿杨堤。我不知我们为什么只因坚持要一条河，而竟把自己矗立成两岸，岁岁年年相向而绿，任地老天荒，我们合力撑住一条河，死命地呵护那千里烟波。

两岸总是有相同的风，相同的雨，相同的水位。酢浆草匀分给两岸相等的红，鸟翼点给两岸同样的白，而秋来蒹葭露冷，给我们以相似的苍凉。

蓦然发现，原来我们同属一块大地。

纵然被河道凿开，对峙，却不曾分离。

年年春来时，在温柔得令人心疼的三月，我们忍不住伸出手臂，在河底秘密地挽起。

定义以命运

年轻的时候，怎么会那么傻呢？

对"人"的定义，对"爱"的定义，对"生活"的定义，对莫名其妙的刚听到的一个"哲学名词"的定义……

那时候，老是慎重其事地把左掌右掌看了又看，或者，从一条曲曲折折的感情线，估计着感情的河道是否决堤。有时，又正经地把一张脸交给一个人，从鼻山眼水中，去窥探一生的风光。

奇怪，年轻的时候，怎么什么都想知道？定义，以及命运。年轻的时候，怎么就没有想到过，人原来也可以有权不知不识而大咧咧地活下去。

忽然有一天，我们就长大了，因为爱。

知道明天的风雨已经不重要了，执手处张发可以为风帜，高歌时何妨倾山雨入盏，风雨于是不重要了，重要的是找一方共同承风挡雨的肩。

忽然有一天，我们把所背的定义全忘了，我们遗失了登山指南，我们甚至忘了自己，忘了那一切，只因我们已登山，并且结庐于一弯溪谷。千泉引来千月，万窍邀来万风，无边的庄严中，我们也自庄严起来。

而长年的携手，我们已彼此把掌纹叠印在对方的掌纹上，我们的眉因为同蹙同展而衔接为同一个名字的山脉，我们的眼因为相同的视线而映出为连波一片，怎样的看相者才能看明白这样的两双手的天机，怎样的预言家才能说清楚这样两张脸的命运？

蔷薇几曾定义，白云何所谓其命运，谁又见过为劈头迎来的巨石而焦灼的流水？怎么会那么傻呢，年轻的时侯。

从俗

当我们相爱——在开头的时候——我们觉得自己清雅飞逸，仿佛有一个新我，自旧我中飘然游离而出。

当我们相爱时，我们从每一寸皮肤、每一缕思维伸出触角，要去探索这个世界，拥抱这个世界，我们开始相信自己的不凡。

相爱的人未必要朝朝暮暮相守在一起——在小说里都是这样说的，小说里的男人和女人一眨眼便已暮年，而他们始终没有生活在一起，他们留给我们的是凄美的回忆。

但我们是活生生的人，我们不是小说，我们要朝朝暮暮，我们要活在同一个时间，我们要活在同一个空间，我们要相厮相守，相牵相挂，于是我放弃飞腾，回到人间，和一切庸俗的人同其庸俗。

如果相爱的结果是我们平凡，让我们平凡。

如果爱情的历程是让我们由纵横行空的天马变而为忍辱负重行向一路崎岖的承载驾马，让我们接受。

如果爱情的轨迹总是把云霄之上的金童玉女贬为人间姻火中的匹妇匹夫，让我们甘心。我们只有这一生，这是我们唯一的筹码，我们要活在一起下注。我们只有这一生，这只是我们唯一的戏码，我们要同台演出。

于是，我们要了婚姻。

于是，我们经营起一个巢，栖守其间。

在厨房，有餐厅，那里有我们一饮一啄的牵情。

有客厅，那里有我们共同的朋友以及他们的高谈阔论。

有兼为书房的卧房，各人的书站在各人的书架里，但书架相衔，矗立成壁，连我们那些完全不同类的书也在声气相求。

有孩子的房间，夜夜等着我们去为一双娇儿痴女念故事，并且盖他们老是踢的棉被。

至于我们曾订下的山之盟呢？我们所渴望的水之约呢？让它们等一等，我们总有一天会去的，但现在，我们已选择了从俗。

贴向生活，贴向平凡，山林可以是公寓，电铃可以是诗，让我们且来从俗。

雨天的书

一

我不知道，天为什么无端落起雨来了。薄薄的水雾把山和树隔到更远的地方去，我的窗外遂只剩下一片辽阔的空茫了。

想你那里必是很冷了吧？另芳。青色的屋顶上滚动着水珠子，滴沥的声音单调而沉闷，你会不会觉得很寂寥呢？

你的信仍放在我的梳妆台上，折得方方正正的，依然是当日的手痕。我以前没见你，以后也找不着你，我所能有的，也不过就是这一片模模糊糊的痕迹罢了。另芳，而你呢？你没有我的只字片语，等到我提起笔，却又没有人能为我传递了。

冬天里，南馨拿着你的信来。细细斜斜的笔迹，优雅温婉的话语。我很高兴看你的信，我把它和另外一些信件并放着。它们总是给我鼓励和自信，让我知道，当我在灯下执笔的时候，实际上并不孤独。

另芳，我没有即时回你的信，人大了，忙的事也就多了。后悔有什么用呢？早知道你是在病榻上写那封信，我就去和你谈谈，陪你出去散散步，一同看看黄昏时候的落霞。但我又怎么想象得到呢？十七岁，怎么能和死亡联想在一起呢？死亡，那样冰冷阴森的字眼，无论如何也不该和你发生关系的。这出戏结束得太早，迟到的观众只好望着合拢黑绒幕黯然了。

雨仍在落着，频频叩打我的玻璃窗。雨水把世界布置得幽冥昏暗，我不由幻想你打着一把雨伞。从芳草没胫的小路上走来，走过生，走过死，走过永恒。

那时候，放了寒假。另芳，我心里其实一直是惦着你的。只是找不着南馨，没有可以传信的人。等开了学，找着了南馨，一问及你，她就哭了。另芳，我从来没有这样恨自己。另芳，如今我向哪一条街寄信给你呢？有谁知道你的新地址呢？

南馨寄来你留给她的最后字条，捧着它，使我泫然。另芳，我算什么呢？我和你一样，是被送来这世界观光的客人。我带着惊奇和喜悦看着青山和绿水，看生命和知识。另芳，我有什么特别值得一顾的呢？只是我看这些东西的时候比别人多了一份冲动，便不由得把它记录下来了。

我究竟有什么值得结识的呢？那些美得叫人痴狂的东西没有一样是我创造的，也没有一件是我经营的，而我那些仅有的记录，也是破碎支离，几乎完全走样的，另芳，聪慧的你，为什么念念要得到我的信呢？

"她死的时候没有遗憾，"南馨说，"除了想你的信。你能写一封信给她吗？……我是信耶稣的，我想耶稣一定会拿给她的。"

她是那样天真，我是要写给你的，我一直想着要写的，我把我的信交给她，但是，我想你已经不需要它了。你此刻在做什么呢？正在和鼓翼的小天使嬉戏吧？或是拿软软的白云捏人像吧？（你可曾塑过我的？）再不然就一定是在茂美的林园里倾听金琴的轻拨了。

另芳，想象中，你是一个纤柔多愁的影子，皮肤是细致的浅黄，眉很浓，眼很深，嘴唇很薄（但不爱说话），是吗？常常穿着淡蓝色的衣裙，喜欢望帘外的落雨而出神，是吗？另芳，或许我们真不该见面的，好让我想象中的你更为真切。

另芳，雨仍下着，淡淡的哀愁在雨里飘零。遥想墓地上的草早该绿透了，但今年春天你却没有看见。想象中有一朵白色的小花开在你的坟头，透明而苍白，在雨中幽幽地抽泣。

而在天上，在那灿烂的灵境上，是不是也正落着阳光的雨、落花的雨和音乐的雨呢？另芳，请俯下你的脸来，看我们，以及你生长过的地方。或许你会觉得好笑，便立刻把头转开了。你会惊讶地自语："那些年，我怎么那么痴呢？其实，那些事不是都显得很滑稽吗？"

另芳，你看，我写了这样多的，是的，其实写这些信也很滑稽，在永恒里你已不需要这些了。但我还是要写，我许诺过要写的。

或者，明天早晨，小天使会在你的窗前放一朵白色的小花，上面滚动着无数银亮的小雨珠。

"这是什么？"

"这是我们在地上发现的，有一个人，写了一封信给你，我们不愿把那样拙劣的文字带进来，只好把它化成一朵小白花了——你去念吧，她写的都在里面了。"

那细碎质朴的小白花遂在你的手里轻颤着。另芳，那时候，你怎样想呢？它把什么都说了，而同时，它什么也没有说，那一片白，乱簌簌地摇着，模模糊糊地摇着你生前曾喜爱过的颜色。

那时候，我愿看到你的微笑，隐约而又浅淡，映在花丛的水珠里——那是我从来没有看见，并且也没有想象过的。

二

细致的湘帘外响起潺潺的声音，雨丝和帘子垂直地交织着，遂织出这样一个朦胧黯淡而又多愁绪的下午。

山径上两个顶着书包的孩子在跑着、跳着、互相追逐着。她们不像是雨中的行人，倒像是在过泼水节了。一会儿，她们消逝在树丛后面，我的面前重新现出湿湿的绿野，低低的天空。

手里握着笔，满纸画的都是人头，上次念心理系的王说，人所画的，多半是自己的写照。而我的人像都是沉思的，嘴角有一些悲悯的笑意。那么，难道这些都是我吗？难道这些身上穿着曳地长裙，右手握着檀香折扇，左手擎着小花阳伞的都是我吗？咦，我竟是那个样子吗？

一张信笺摊在玻璃板上，白而又薄。信债欠得太多了，究竟今天先还谁的呢？黄昏的雨落得这样忧愁，那千万只柔柔的纤指抚弄着一束看不见的弦索，轻挑慢捻，触着的总是一片凄凉悲怆。

那么，今日的信寄给谁呢？谁愿意看一带灰白的烟雨呢？但是，我的眼前又没有万里晴岚，这封信却怎么写呢？

这样吧，寄给自己，那个逝去的自己。寄给那个听小舅讲灰姑娘的女孩子，寄给那个跟父亲念《新丰折臂翁》的中学生。寄给那个在水边静坐的织梦者，寄给那个在窗前扶头沉思者。

但是，她在哪里呢？就像刚才那两个在山径上嬉玩的孩童，倏忽之间，便无法追寻了。而那个"我"呢？隐藏到哪一处树丛后面去了呢？

你听，雨落得这样温柔，这不是你所盼的雨吗？记得那一次，你站在后庭里，抬起头，让雨水落在你张开的口时，那真是好笑的。你又喜欢一大早爬起来，到小树叶下去找雨珠儿。很小心地放在写算术用的化学垫板上，高兴得像是得了一满盘珠宝。你真是很富有的孩子，真的。

什么时候你又走进中学的校园了，在遮天的古木下，听隆然的雷声，看松鼠在枝间乱跳，你忽然欢悦起来。你的欣喜有一种原始的单纯和热烈，使你生起一种欲舞的意念。但当天空陡然变黑，暴风夹雨而至的时候，你就突然静穆下来，带着一种虔诚的敬畏。你是喜欢雨，你一向如此。

那年夏天，教室后面那棵花树开得特别灿美，你和芷同时都发现了。那些嫩枝被成串的黄花压得低垂下来，一直垂到小楼的窗口。每当落雨时分，那些花串儿就变得透明起来，美得让人简直不敢喘气，那天下课的时候，你和芷站在窗前。花在雨里，雨在花里，你们遂被那些声音、那些颜色颠倒了。但渐渐地，那些声音和颜色也悄然退去，你们遂迷失在生命早年的梦里。猛回来，教室竟空了，才想起那一节音乐课，同学们都走光了。那天老师骂你们，真是很幸运的——不过他本来就不该骂你们，你们在听夏日花雨的组曲呢！

渐渐地你会忧愁了。当夜间，你不自禁地去听竹叶滴雨的微响；当初秋，你勉强念着"留得残荷听雨声"，你就模模糊糊地为自己拼凑起一些哀愁了。你愁着什么呢？你不能回答——你至今都不能回答。你不能抑制自己去喜欢那些苍凉的景物，又不能保护自己不受那种愁绪的感染。其实，你是不必那么善感，你看，别人家都忙自己的事，偏是你要愁那不相干的愁。

年齿渐长，慢慢也会遭逢一点人事了，只是很少看到你心平气和过，并且总是带着鄙夷，看那些血气衰败到不得不心平气和的人，在你，爱是火炽的，恨是死冰的，同情是渊深的，哀愁是层叠的。但是，谁知道呢？人们总说你是文静的，只当你是温柔的，他们永远不了解，你所以爱阳光，是钦慕那种光明；你所以爱雨水，是向往那分淋漓。但是，谁知道呢？

当你读到《论语》上那句"知其不可而为之"，忽然血如潮涌，几天之久不能安坐。你从来没有经过这样大的暴雨——在你的思想和心灵之中。你仿佛看见那位圣人的终生颠沛，因而预感到自己的一部分命运。但你不能不同时感到欣慰，因为许久以来，你所想要表达的一个意念，竟在两千年前的一部典籍上出现了。直到现在，一想起这句话，你心里总激动得不能自已。你真是傻得可笑，你。

凭窗望去，雨已看不分明，黄昏竟也过去了。只是那清晰的声音仍然持续，像乐谱上一个延长符号。那么，今夜又是一个凄零的雨夜了。你在哪里呢？你愿意今宵来入梦吗？带我到某个旧游之处去走走吧！南京的古老城墙是否已经苔滑？柳州的峻拔山水是否也已剥落？

下一次写信是什么时候呢？我不知道。当有一天我老的时候，或许会写一封很长的信给你呢！我不希望你接到一封有谴责意味的信，我是多么期望能写一封感谢的赞美的信啊！只是，那时候的你配得到它吗？

雨声滴答，寥落而美丽。在不经意的一瞥中，忽然发现小室里的灯光竟这般温柔；同时，在不经意的回顾里，你童稚的光辉竟也在遥远的地方闪烁。而我呢？我的光芒呢？真的，我的光芒呢？在许多年之后，当我桌上这盏灯燃尽了，世上还有没有其他的光呢？哦，我的朋友，我不知道那么多，只愿那时候你我仍发着光，在每个黑暗凄冷的雨夜里。

眼种四则

一、眼神

夜深了，我在看报——我老是等到深夜才有空看报，渐渐的，觉得自己不是在看新闻，而是在读历史。

美联社的消息，美国佐治亚州，一个属于WTOC的电视台摄影记者，名叫柏格，二十三岁，正背着精良的器材去抢一则新闻，新闻的内容是"警察救投水女子"。如果拍得好——不管救人的结果是成功或失败——都够精彩刺激的。

凌晨三时，他站在沙凡河岸上，九月下旬，是已凉天气了，他的镜头对准河水，对准女子，对准警察投下的救生圈，一切紧张的情节都在灵敏的、高感度的胶卷中进行。至于年轻的记者，他自己是安全妥当的。

可是，突然间，事情有了变化。

柏格发现镜头中的那女子根本无法抓住救生圈——并不是有了救生圈溺水的人就会自然获救的。柏格当下把摄影机一丢，急急跳下河去，游了四十米，把挣扎中的女人救了上来。"我一弄清楚他们救不起她来，就不假思索地往河里跳下去。她在那里，她情况危急，我去救她，这是最自然不过的事。"他说。

那天清晨，他空手回到电视台，他没有拍到新闻，他自己成了新闻。

我放下报纸望着窗外的夜色出神，故事前半部的那个记者，多像我和我所熟悉的朋友啊！拥有专业人才的资格，手里拿着精良准确的器材，负责描摹记录纷然杂陈的世态，客观冷静，按时交件，工作效率惊人且无懈可击。

而今夜的柏格却是另一种旧识，怎样的旧识呢？是线装书里说的人溺己溺的古老典型啊！学院的训练无非在归纳、演绎、分析、比较中兜圈了，但沙凡河上的那记者却纵身一跃，在凌晨的寒波中抢回一条几乎僵冷的生命——整个晚上我觉得暖和而安全，仿佛被救的是我，我那本质上容易负伤的沉浮在回流中的一颗心。整个故事虽然发生在一条我所不认识的河上，虽然是一个我所不认识的人救了另一个我所不认识的人，但接住了那温煦美丽眼神的，却是我啊！

二、枯茎的秘密

秋凉的季节，我下决心把家里的翠玲珑重插一次。经过长夏的炙烤，叶子早已疲老不带绿，让人怀疑活着是一项巨大艰困而不快乐的义务，现在对付它唯一的方法就是拔掉重插了。原来植物里也有火凤凰的族类，必须经过连根拔起的手续，才能再生出流动欲滴的翠羽。搬张矮凳坐在前廊，我满手泥污地干起活来，很像有那么回事的样子。秋天的播种让人有"二期稻作"的喜悦，平白可以多赚额外一季绿色呢？我大约在本质上还是农夫吧？虽然我可怜的田园全在那小钵小罐里。

拔掉了所有的茎蔓，重捣故土，然后一一摘芽重插，大有重整山河的气概，可是插着插着，我的手慢下来，觉得有点吃惊……

故事的背景是这样的，选上这种翠玲珑来种，是因为它出身最粗浅，生命力最泼旺，最适合忙碌而又渴绿的自己。想起来，就去浇一点水，忘了也就算了。据说这种植物有个英文名字叫"流浪的犹太人"，只要你给他一口空气，一撮干土，他就坚持要活下去。至于水多水少向光背光，他根本不争，并且仿佛曾经跟主人立过切结书似的，非股股实实地绿给你看不可！

此刻由于拔得干净，才大吃一惊发现这个家族里的辛酸史，原来平时执行绿色任务的，全是那些第二代的芽尖。至于那些芽下面的根茎，却早都枯了。

枯茎短则半尺，长则尺余，既黄又细，是真正的"气若游丝"，怪就怪在这把干瘪丑陋的枯茎上，分别还从从容容地长出些新芽来。

我呆看了好一会，直觉地判断这些根茎是死了，它们用代僵的方法把水分让给了下一代的小芽——继而想想，也不对，如果它死了，吸水的功能就没有了，那就救不了嫩芽了，它既然还能供应水分，可见还没有死，但干成这样难道还不叫死吗？想来想去，不得其解，终于认定它大约是死了，但因心有所悬，所以竟至忘记自己已死，还一径不停地输送水分。像故事中的沙场勇将，遭人拦腰砍断，犹不自知，还一路往前冲杀……

　　天很蓝，云很淡，风微微作凉，我没有说什么，翠玲珑也没有说什么，我坐在那里，像风接触一份秘密文件似的，觉得一部翠玲珑的家族存亡续绝史全摊在我面前了。

　　那天早晨我把绿芽从一条条烈士型的枯茎上摘下来，一一重插，仿佛重缔一部历史的续集。

　　"再见！我懂得，"我替绿芽向枯茎告别，"我懂得你付给我的是什么，那是饿倒之前的一口粮，那是在渴死之先的一滴水，将来，我也会善待我们的新芽的。"

　　"去吧！去吧！我们等的就是这一天啊！"我又忙着转过来替枯茎说话，"活着是重要的，一切好事总要活着才能等到，对不对？你看，多好的松软的新土！去吧，去吧，别伤心，事情就是这样的，没什么，我们可以瞑目了……"

　　在亚热带，秋天其实只是比较忧悒却又故作爽飒的春天罢了，插下去的翠玲珑十天以后全都认真地长高了，屋子里重新有了层层新绿。相较之下，以前的绿仿佛只是模糊的概念，现在的绿才是鲜活的血肉。不知道冬天什么时候来，但能和一盆盆翠玲珑共同拥有一段温馨的秘密，会使我自己在寒流季节也生意盎然的。

三、黑发的巨索

看完大殿，我们绕到后廊上去。

在京都奈良一带，看古寺几乎可以变成一种全力以赴的职业，早上看，中午看，黄昏看，晚上则翻查资料并乖乖睡觉，以便养足精神第二天再看……我有点怕自己被古典的美宠坏了，我怕自己因为看惯了沉黯的大柱，庄严的飞檐而终于浑然无动了。

那一天，我们去的地方叫东本愿寺。

大殿里有人在膜拜，有人在宣讲。院子里鸽子缓步而行，且不时到仰莲般的贮池里喝一口水。梁间燕子飞，风过处檐角铃声铮然，我想起盛唐……

也许是建筑本身的设计如此，我不知自己为什么给引到这后廊上来，这里几乎一无景观，我停在一只大柜子的前面，无趣的老式大柜子，除了脚架大约有一人高，四四方方，十分结实笨重，柜子里放着一团脏脏旧旧的物事。我仔细一看，原来是一捆粗绳，跟臂膀一般粗，缠成一圈复一圈的圆形，直径约一米，这种景象应该出现在远洋船只进出的码头上，怎么会跑到寺庙里来呢？

等看了说明卡片，才知道这种绳子叫"毛纲"，"毛纲"又是什么？我努力去看说明，原来这绳子极有来历：那千丝万缕竟全是明治年间女子的头发。当时建寺需要木材，而木材必须巨索来拉，而巨索并不见得坚韧，村里的女人于是便把头发剪了，搓成百尺大绳，利用一张大撬，把极重的木材一一拖到工地。

美丽是什么？是古往今来一切坚持的悲愿吧？是一女子在落发之际的凛然一笑吧？是将黑丝般的青发委弃尘泥的甘心捐舍吧？是一世一世的后人站在柜前的心惊神驰吧？

所有明治年间的美丽青丝岂不早成为飘飞的暮雪，所有的暮雪岂不都早已随着苍茫的枯骨化为滓泥？独有这利剪切截的愿心仍然千回百绕，盘桓如曲折的心事。信仰是什么？那古雅木造结构说不完的，让沉沉的黑瓦去说，黑瓦说不尽的，让飞檐去说，飞檐说不清的让梁燕去说，至于梁燕诉不尽的、廓然的石板前庭形容不来的、贮水池里的一方暮云描摹不出的，以及黄昏梵唱所勾勒不成的，却让万千女子青丝编成的巨索一语道破。

想起京都，我总是想起那绵长恒存如一部历史的结实的发索。

四、不必打开的画幅

"唉，我来跟你说一个我的老师的故事。"他说。

他是美术家，七十岁了，他的老师想必更老吧？"你的老师，"我问，"他还活着吗？"

"还活着吧，他的名字是庞薰琹（琴），大概八十多岁了，在北京。"

"你是在杭州美专的时候跟他的吗？那是哪一年？"

"不错，那是 1936 年。"

我暗自心惊，刚好半个世纪呢！我不禁端坐以待。下面便是他牢记了五十年而不能忘的故事。

他是早期留法的，在巴黎，画些很东方情调的油画，画着画着，也画了九年了。有一天，有人介绍他认识当时一位非常出名的老评论家，相约到咖啡馆见面。年轻的庞先生当然很兴奋很紧张，兴冲冲地抱了大捆的画去赴约。和这样权威的评论家见面，如果作品一经品题，那真是身价百倍，就算被指拨一下，也会受教无穷。没想到人到了咖啡馆，彼此见过，庞先生正想打开画布，对方却一把按住，说：

"不急，我先来问你两个问题——第一，你几岁出国的，第二，你在巴黎几年了？"

"我十九岁出国，在巴黎待了九年。"

"唔，如果这样，画就不必打开了，我也不必看了，"评论家的表情十分决绝而没有商量的余地，"你十九刚出国，太年轻，那时候你还不懂什么叫中国。巴黎九年，也嫌太短，你也不知道什么叫西方——这样一来，你的画里还有什么可看的？哪里还需要打开？"

年轻的画家当场震住，他原来总以为自己不外受到批评或得到肯定，但居然两者都不是，他的画居然是连看都不必看的画，连打开的动作都嫌多余。

那以后，他认真地想到束装回国，以后他到杭州美专教画，后来还试着用铁线描法画苗人的生活，画的极好。

听了这样的事我噤默不能赞一词，那名满巴黎的评论家真是个异人。他平日看了画，固有卓见，此番连不看画，也有当头棒喝的惊人之语。

但我——这五十年后来听故事的人——所急切的和他却有一点不同，他所说的重点在昧于东方、西方的无知无从，我所警怵深惕的却是由于无知无明而产生的情无所钟、心无所系、意气无所鼓荡的苍白凄惶。

但是被这多芒角的故事擦伤，伤得最疼的一点却是：那些住在自己国土上的人就不背井离乡了吗？像塑胶花一样繁艳夸张、毫不惭愧地成为无所不在的装饰品，却从来不知在故土上扎根布须的人到底有多少呢？整个一卷生命都不值得打开一看的，难道仅仅只是五十年前那流浪巴黎的年轻画家的个人情节吗？

第二部

英雄史诗

他曾经幼小

我们所以不能去爱大部分的人，是因为我们不曾见过他们幼小的时候。

如果这世上还有人对你说：

"啊！我记得你小时候，胖胖的，走不稳……"

你是幸福的，因为有人知道你幼小时期的容颜。

任何大豪杰或大枭雄，一旦听人说：

"那时候，你还小，有一天，正拿着一个风筝……"

也不免一时心肠塌软下来，怯怯地回头去望，望着来路上多年前那个痴小的孩子，那孩子两眼晶晶，正天不怕、地不怕地嬉笑而来，吆呼而去。

我总是尽量从成年人的言谈里去捕捉他幼小时期的形象，原来那样垂老无趣口涎垂胸的人，竟也一度曾经是为人爱宠为人疼惜的幼小者。

　　如果我曾经爱过一些人，我也总是竭力去想象去拼凑那人的幼年，或在烧红半天的北方战火，或在江南三月的桃红，或在台湾南部小小的客家聚落，或在云南荒山的逼仄小径，我看见那人开章明义的含苞期。

　　是的，如果凡人如我也算是爱过众生中的一些成年人，那是因为那人曾经幼小，曾经是某一个慈怀中生死难舍的命根。

　　至于反过来，如果你问我为何爱广场上素昧平生的嬉戏孩童，我会告诉你，因为我爱那孩童前面隐隐的风霜，爱他站在生命沙滩的浅处，正揭衣欲渡的喧嚷热闹，以及闪烁在他眉睫间的一个呼之欲出的成年。

取自《我在》

高处何所有

很久很久以前，在一个很远很远的地方，一位老酋长正病危。

他找来了村中最优秀的三个年轻人，对他们说："这是我要离开你们的时候了，我要你们为我做最后一件事。你们三个都是身强体壮而又智慧过人的好孩子，现在，请你们尽其可能地去攀登那座我们一向奉为神圣的大山。你们要尽其可能爬到最高的、最凌越的地方，然后折回来告诉我你们的见闻。"

三天后，第一个年轻人回来了，他笑生双靥，衣履光鲜："酋长，我到达山顶了，我看到繁花夹道，流泉淙淙，鸟鸣嘤嘤，那地方真不坏啊！"

老酋长笑笑说："孩子，那条路我当年也走过，你说的鸟语花香的地方不是山顶，而是山麓。你回去吧！"

一周以后，第二个年轻人也回来了，他神情疲倦，满脸风霜："酋长，我到达了山顶了。我看到高大肃穆的松树林，我看到秃鹰盘旋，那是一个好地方。"

"可惜啊！孩子，那不是山顶，那是山腰。不过也难为你了，你回去吧！"

一个月过去了，大家都开始为第三个年轻人的安危担心，他却一步一蹭，衣不蔽体地回来了。他发枯唇燥，只剩下清炯的眼神："酋长，我终于到达山顶。但是，我该怎么说呢？那里只有高风悲旋，蓝天四垂。"

"你难道在那里一无所见吗？难道连蝴蝶也没有一只吗？"

"是的，酋长，高处一无所有，你所能看到的，只有你自己，只有'个人'被放在天地间的渺小感，只有想起千古英雄悲激的心情。"

"孩子，你到的是真的山顶。按照我们的传统，天意要立你做新酋长，祝福你。"

真英雄何所遇？ 他遇到的是全身的伤痕,是孤单的长途,以及愈来愈真切的渺小感。

时间

一锅米饭，放到第二天，水气就会干了一些，放到第三天，味道恐怕就有问题，第四天，我们几乎可以发现，它已经变坏了，再放下去，眼看就要发霉了。

是什么原因，使那锅米饭变馊变坏——是时间。

可是，在浙江绍兴，年轻的父母生下女儿，他们就在地窖里，埋下一坛坛米做的酒，十七八年以后，女儿长大了，这些酒就成为嫁女儿婚礼上的佳酿，它有一个美丽而惹人遐思的名字，叫女儿红。

是什么使那些平凡的米，变成芬芳甘醇的酒——也是时间。

到底，时间是善良的，还是邪恶的魔术师呢？不是，时间只是一种简单的乘法，另把原来的数值倍增而已。开始变坏的米饭，每一天都不断变得更腐臭。而开始变醇的美酒，每一分钟，都在继续增加它的芬芳。

在人世间，我们也曾经看过天真的少年一旦开始堕落，便不免愈陷愈深，终于变得满脸风尘，面目可憎。但是相反的，时间却把温和的笑痕，体谅的眼神，成熟的风采，智慧的神韵添加在那些追寻善良的人身上。

同样是煮熟的米，坏饭与美酒的差别在哪里呢？就在那一点点酒曲。

同样是父母所生的，谁堕落如禽兽，而谁又能提升成完美的人呢？是内心深处，紧紧环抱不放的，求真求善的渴望。

时间将怎样对待你我呢？这就要看我们自己是以什么态度来期许我们自己了。

前身

有一个故事是这样的：

少年的李源和老人圆观是一对忘年友。有一天，在荆江江头，他们看到一个妇人，着一件锦裙，抱着个罌子，在江畔汲水。悬崖一片削青，江水万丈莹澈，那妇人把满眼的山青水碧往罌子里一舀，便负罌而去，一瞬间仿佛所有的美景都被她一拔而尽。奇怪的是山不减青，水不减绿，那妇人转眼消失。

圆观转首对李源说：

"看到吗？我就将托身于这个妇人。十二年后，我在杭州天笠寺外等你。"

李源不敢置信地望着圆观，只见他平静的眼里有一丝温柔敬畏的泪光。李源知道那老人在那年轻女子身上看到了自己的母亲。

当夜圆观死了。

十二年后，李源前去赴约。

他看到了一个牧童，骑在牛背上，那孩子依稀有旧日江畔妇人的眼神，依稀有圆观当年的清简舒放。但是，他是谁？谁是他？是圆观吗？是任何一个"彼亦人子"的孩子？

牧童走过李源，以又熟悉又陌生的眼光打量着他，口里唱着《竹枝词》：

> 三生石上旧精魂，
> 赏月吟风不要论；
> 惭愧情人远相访，
> 此身虽异性长存。

然后，飘然远去。

我不能相信佛家的三生之说，我不能接受投胎和转世的理论，但我有我自己的前身观。

白居易《赠张处士山人》的诗中说：

> 世说三生如不谬，
> 共疑巢许是前身。

对白居易而言，他在巢父许由的身上看到自己。

当我们读一切历史，一切故事，一切诗歌的时候，我们血脉贲张，我们扼腕振臂，我们凄然泪下，我们或哂或笑，当此之际，我们所看到的岂是别人的故事，我们所看到的是我们自己。也许你会笑我们痴，但是，我们所看到的确确是我们自己，一部分的自己。

我们是等待知音者驻足听琴的俞伯牙。

我们是渴望回到旧日茅舍去的陶渊明。

我们是辙环天下、踯躅津口、困于陈蔡的孔丘。

我们是登高望远，赋"前不见古人，后不见来者，念天地之悠悠，独怆然而涕下"的陈子昂。

我们是赍志以殁的诸葛武侯。

我们是为情缠绵，长镇雷峰塔下的白素贞。

我们是志得意满，衣锦还乡，却忽然意识到生命是如此凄凉而"唱《大风歌》，泣数行下"的汉高祖。

我们是众人笑叱声中破盔疲马走天涯的堂吉诃德。

我们是海明威笔下，墨西哥湾流中，那个出海三日，筋脱皮绽却只拖回一副比渔船还长的大鱼骨架而回航的老渔夫……

我们在一切往者身上看到自己。我们仿佛活了千千万万遍，我们仿佛经历了累世累劫。

那一切的人，是我们的前身。

但是，更多的时候，我在活着的人或物的身上看到我的前身。

当我走到山坳野洼，蓦然看到一妇人在路旁掘笋，我想哭，我觉得她是我自己。

我在车窗中偶然一瞥，田埂上有一朵成色千足的小金菊，我仿佛看到我自己。

竹篁里那座暗红色的小砖房，难道不是我的家吗？那晒着咸菜的大院落，不是我幼小时嬉戏的地方吗？

我要怎样说服你才能相信，那在山径上走来，在山上住了十几年居然没下山的老退役兵就是我，我曾在梦里重回那苹果园一百遍，但现在，他在那里，他替我活着。

我也是那溪涧中漠然的大石头，我走下水去，躺在石上，用石头的眼光仰观苍天、俯视流水，我数着石头的脉息，我知道，我曾是它。

但是，更多更多的时候，我在孩子们的身上看到我的前身。

那个蹲在沟圳旁边抓鱼的小男孩，岂不就是我自己吗？

那个把一件裙子穿得揉七皱八，不甘不愿走进学校大门的小女孩岂不就是我吗？

那个不肯走大路，偏偏东一个小巷，西一个小弄地去探险，并且紧跟着一个卖红色糖壳水果串的贩子，一路走一路咽口水的小家伙，如果不是我还会是谁呢？

还有，那个喜欢和女伴分享一项秘密（而所谓秘密只不过是在某个墙角有着一丛极漂亮的凤尾蕨）的女孩，怎能不令我乍疑乍悲，觉得她就是我？

那挨了打，在哭的孩子是我。

那托腮长坐，心里盘算着怎样打点一个小布包，脱离家庭去环游世界的小人儿是我。

那一边走，一边发愣地读着"阿里巴巴四十大盗"的小鬼是我吗？

那把镍币捏在手里，又想买枝仔冰，又想回家去乖乖地丢在存钱筒里的孩子是我。

我在一切今人古人和孩子以及万物中看到我自己，我的前身。

或者，有一天，也有人在我身上看到他自己吧！

许士林的独白

——献给那些暌违母颜比十八年更长久的天涯之人

驻马自听

我的马将十里杏花跑成一掠眼的红烟，娘！我回来了！

那尖塔戳得我的眼疼，娘，从小，每天。它嵌在我的窗里，我的梦里，我寂寞童年唯一的风景，娘。

而今，新科的状元，我，许士林，一骑白马一身红袍来拜我的娘亲。

马踢起大路上的清尘，我的来处是一片雾，勒马蔓草间，一垂鞭，前尘往事，都到眼前。我不需有人讲给我听，只要溯着自己一身的血脉往前走，我总能遇见你，娘。

而今，我一身状元的红袍，有如十八年前，我是一个全身通红的赤子,娘,有谁能撕去这身红袍,重还我为赤子甫有,谁能抟我为无知的泥,重回你的无垠无限?

都说你是蛇,我不知道,而我总坚持我记得十月的相依,我是小渚,在你初暖的春水里被环护,我抵死也要告诉他们,我记得你乳汁的微温。他们总说我只是梦见,他们总说我只是猜想,可是,娘,我知道我是知道的,我知道你的血是温的,泪是烫的,我知道你的名字是"母亲"。

而万古乾坤,百年身世,我们母子就那样缘薄吗?才一月,他们就把你带走了。有母亲的孩子可聆母亲的音容,没母亲的孩子可依向母亲的坟头。而我呢,娘,我向何处破解恶狠的符咒?

有人将中国分成江南江北,有人把领域划成关内关外,但对我而言,娘,这世界被截成塔底和塔上。塔底是千年万世的黝黑混沌,塔外是荒凉的日光,无奈的春花和忍情的秋月……塔在前,往事在后,我将前去祭拜,但,娘,此刻我徘徊伫立,十八年,我重溯断了的脐带,一路向你泅去,春阳暖暖,有一种令人没顶的怯惧,一种令人没顶的幸福。塔牢牢地楔死在地里,像以往一样牢,我不敢相信你驮着它有十八年之久,我不能相信,它会永永远远镇住你。

十八年不见,娘,你的脸会因长期的等待而萎缩干枯吗?

有人说，你是美丽的，他们不说我也知道。

认取

你的身世似乎大家约好了不让我知道，而我是知道的，当我在井旁看一个女子汲水，当我在河畔看一个女子洗衣，当我在偶然的一瞥间看见当窗绣花的女孩，或在灯下纳鞋的老妇，我的眼眶便乍然湿了。娘，我知道你正化身千亿，向我絮絮地说起你的形象。娘，我每日不见你，却又每日见你，在凡间女子的颦眉瞬目间，将你一一认取。

而你，娘，你在何处认取我呢？在塔的沉重上吗？在雷峰夕照的一线酡红间吗？在寒来暑往的大地腹腔的脉动里吗？

是不是，娘，你一直就认识我，你在我无形体时早已知道我，你从茫茫大化中拼我成形，你从冥漠空无处抟我成体。

而在峨眉山，在竞绿赛青的千崖万壑间，娘，是否我已在你的胸臆中。当你吐纳朝霞夕露之际，是否我已被你所预见？我在你曾仰视的霓虹中舒昂，我在你曾倚以沉思的树干内缓缓引升，我在花，我在叶，当春天第一声小草冒地而生并欢呼时,你听见我。在秋后零落断雁的哀鸣里,你分辨我,娘,我们必然从一开头就是彼此认识的。娘,真的,在你第一次对人世有所感有所激的刹那,我潜在你无限的喜悦里,而在你有所怨有所叹的时分,我藏在你的无限凄凉里,娘,我们必然是从一开头就彼此认识的,你能记忆吗?娘。我在你的眼,你的胸臆,你的血,你的柔和如春浆的四肢。

湖

娘,你来到西湖,从叠烟架翠的峨眉到软红十丈的人间,人间对你而言是非走一趟不可的吗?但里湖、外湖、苏堤、白堤,娘,竟没有一处可堪容你,千年修持,抵不了人间一字相传的血脉姓氏,为什么人类只许自己修仙修道,却不许万物修得人身跟自己平起平坐呢?娘,我一页一页地翻圣贤书,一个一个地去阅人的脸,所谓圣贤书无非要我们做人,但为什么真的人都不想做人呢?娘啊!阅遍了人和书,我只想长哭,娘啊,世间原来并没有人跟你一样痴心地想做人啊!岁岁年年,大雁在头顶的青天上反复指示"人"字是怎么写的，但是，娘，没有一个人在看，更没有一个人看懂了啊！南屏晚钟，三潭印月，曲院风荷，文人笔下西湖是可以有无限题咏的。冷泉一径冷著，飞来峰似乎想飞到哪里去，西湖的游人万千，来了又去了，谁是坐对大好风物想到人间种种就感激欲泣的人呢，娘，除了你，又有谁呢？

雨

西湖上的雨就这样来了，在春天。

是不是从一开头你就知道和父亲注定不能天长地久做夫妻呢？茫茫天地，你只死心塌地眷恋着伞下的那一刹那温情。湖色千顷，水波是冷的，光阴百代，时间是冷的，然而一把伞，一把紫竹为柄的八十四骨的油纸伞下，有人跟人的聚首，伞下有人世的芳馨，千年修持是一张没有记忆的空白，而伞下的片刻却足以传诵千年。娘，从峨眉到西湖，万里的风雨雷雹何尝在你意中，你所以眷眷于那把伞，只是爱与那把伞下的人同行，而你心悦那人，只是因为你爱人世，爱这个温柔绵缠的人世。

　　而人间聚散无常，娘，伞是聚，伞也是散，八十四支骨架，每一支都可能骨肉撕离。娘啊！也许一开头你就是都知道的，知道又怎样，上天下地，你都敢去较量，你不知道什么叫生死，你强扯一根天上的仙草而硬把人间的死亡扭成生命，金山寺一斗，胜利的究竟是谁呢，法海做了一场灵验的法事，而你，娘，你传下了一则喧腾人口的故事。人世的荒原里谁需要法事？我们要的是可以流传百世的故事，可以乳养生民的故事，可以辉耀童年的梦寐和老年的记忆的故事。

　　而终于，娘，绕着那一湖无情的寒碧，你来到断桥，斩断情缘的断桥。故事从一湖水开始，也向一湖水结束，娘，峨眉是再也回不去了。在断桥，一场惊天动地的婴啼，我们在彼此的眼泪中相逢，然后，分离。

合钵

　　一只钵，将你罩住，小小的一片黑暗竟是你而今而后头上的苍穹。娘我在噩梦中惊醒千回，在那份窒息中挣扎。都说雷峰塔会在夕照里，千年万世，只专为镇住一个女子的情痴，娘，镇得住吗？我是不信的。

世间男子总以为女子一片痴情，是在他们身上，其实女子所爱的哪里是他们，女子所爱的岂不也是春天的湖山，山间的晴岚，岚中的万紫千红，女子爱的是一切好现象，好情怀，是她自己一寸心头万顷清澈的爱意，是她自己也说不清道不尽的满腔柔情。像一朵菊花的"抱香枝头死"，一个女子紧紧怀抱的是她自己亮烈美丽的情操，而一只法海的钵能罩得住什么？娘，被收去的是那桩婚姻，收不去的是属于那婚姻中的恩怨牵挂，被镇住的是你的身体，不是你的着意散如暮春飞絮的深情。

——而即使是身体，娘，他们也只能镇住少部分的你，而大部分的你却在我身上活着。是你的傲气塑成我的骨，是你的柔情流成我的血。当我呼吸，娘，我能感到属于你的肺腑，当我走路，我想到你在这世上的行迹。娘，法海始终没有料到，你仍在西湖，在千山万水间自在地观风望月并且读圣贤书，想天下事，与万千世人摩肩接踵——借一个你的骨血揉成的男孩，借你的儿子。

不管我曾怎样凄伤，但一想起这件事，我就要好好活着，不仅为争一口气，而是为赌一口气！娘，你会赢的，世世代代，你会在我和我的孩子身上活下去。

祭塔

　　而娘，塔在前，往事在后，十八年乖隔，我来此只求一拜——人间的新科状元，头簪宫花，身着红袍，要把千种委屈，万种凄凉，都并作纳头一拜。

　　娘！

　　那豁然撕裂的是土地吗？

　　那倏然崩响的是暮云吗？

　　那颓然而倾斜的是雷峰塔吗？

　　那哽咽垂泣的是娘，你吗？

　　是你吗？娘，受孩儿这一拜吧！

　　你认识这一身通红吗？十八年前是红通通的赤子，而今是宫花红袍的新科状元许士林。我多想扯破这一身红袍，如果我能重还为你当年怀中的赤子，可是，娘，能吗？

　　当我读人间的圣贤书，娘，当我援笔为文论人间事，我只想到，我是你的儿，满腔是温柔激荡的爱，人世的痴情。而此刻，当我纳头而拜，我是我父之子，来将十八年亏欠无奈并作惊天动地的一叩首。

　　且将我的额血留在塔前，作一朵长红的桃花，笑傲朝霞夕照，且将那崩然有声的头颅击打大地的声音化作永恒的暮鼓，留给法海听，留给一骇而倾的塔听。

人间永远有秦火焚不尽的诗书，法钵罩不住的柔情，娘，唯将今夕的一凝目，抵十八年数不尽的骨中的酸楚，血中的辣辛，娘！

终有一天雷峰塔会倒，终有一天尖耸的塔会化成飞散的泥尘，长存的是你对人间那一点执拗的痴！

当我驰马而去，当我在天涯地角，当我歌，当我哭，娘，我忽然明白，你无所不在地临视我，熟知我，我的每一举措于你仍是当年的胎动，扯你，牵你，令你惊喜错愕，令你隔着大地的腹部摸我，并且说："他正在动，他正在动，他要干什么呀？"

让塔骤然而动，娘，且受孩儿这一拜！

后记：许士林是故事中白素贞和许仙的儿子，大部分的叙述者都只把情节说到"合钵"为止，平剧中"祭塔"一段也并不是经常演出，但我自己极喜欢这一段，我喜欢那种利剑斩不断，法钵罩不住的人间牵绊，本文试着细细表出许士林叩拜囚在塔中的母亲的心情。

就让他们不知道吧！

——写给这一代的青年

当三月破二月而来

谨以此文赠给

在此番春郊上

千里驰走的青年

"那一年，我们逃到镇江，到了金山寺，"朋友黄以功说，"我和弟弟一起病了，弟弟死了，妈妈抱着我，等着，不知道我会不会死？"

我听了，只觉诧异，金山寺，不是《白蛇传》的金山寺吗？金山寺应该是钟鼓俨然金碧辉煌，昂昂然地坐落在山川形胜的地方才是啊！然后，哐然一声，法相庄严的法海和尚就披着金红的袈裟走了出来，当头一钵罩下，一切妖魔鬼怪无所逃……

但那一年的金山寺，一个蓬头苦脸的妇人，在逃难的路上，脚下守着一个孩子的尸体，手中抱着垂死的另一个，此时此际，善于收妖的法海又能说什么？

这样的故事，我要说它吗？就让它湮没无闻随风而逝吧，就让他们不知道吧！

沉冬、深夜，家人都睡了，我独坐孤灯下，为姜成涛写一首歌词，他性急，有时竟半夜从巴黎打电话来催。

一个人兀坐着，题目已写好：

"卖馒头的老王，他接到了一封信。"

不是无话可写，而是一时心如狂涛，不知怎样收拢，不知怎样把自己规规矩矩合韵合辙地收回一行行的格子里去。我其实并不认得一个卖馒头的老王，可是又觉得认识那人已经几十年了，他常骑一辆破脚踏车，嘎着和车子同音色的喉咙吆喝着：

"包子——馒头——豆沙包——"

他们差不多一例是北方人，黑脸膛，坚毅，却不怎么快乐的眼睛。他们卖白馒头，也为大众口味卖甜馒头，黄昏，穿巷子，暮色里背影像黑纸剪贴，在每一个大城小镇……

而设若，有一天，他正在揉面，忽然，一位乡亲辗转带一封脏烂泛黄的信来，信打开，残酷而简单，母亲死了，在一九七〇……

我不认识老王，可是我知道那事是真的，我一个人失声大哭，在深夜三点，替老王郁怒，替老王茫然，天道怎会如此的呢？怎么会呢？

然后，我看见老王站在黄昏的浮尘里，一脸悲凄，我清楚看见他举起揉面的手去擦脸上的泪痕……我开始一行行写下去：

卖馒头的老王他接到了一封信

八千里外啊，死了他的老娘亲

他把馒头揉了又揉啊，揉了又揉

他把那封信放进了他的围裙

死了有十年啦，怪不得梦里叫她她不应

刚蒸好的馒头唻，娘，您就尝尝新

这些年卖了有多少馒头我也数不清

为什么偏偏不能放一个在您的掌心

清晨，我把孩子叫来，念那首歌词给他们听。

"老王收到的那封信里写什么，你们知道吗？"

"知道，"他们的面色平静，有如回答一道数学题，"他妈妈死了嘛！"

　　然后他们急着找溜冰鞋，难得的晴冷干爽的日子，他们要去楼下公园的溜冰场玩。

　　我要告诉他们老王母亲三十年倚闾而望的苦痛吗？我要告诉他们万千人子在三分之一世纪以来等待这惊心报丧的一刹吗？不要，让他们笑声如铃，飞身下楼，和公园里的朋友一起溜冰吧！

　　就连我自己，孩提时不也一无所知吗？当整个江山轰然陆沉之际，我在干什么呢？我在读《爱丽丝》，我在每晚巴结地又摇扇子又倒茶，请寄居在我家的三舅讲《西游记》，一回一回，千山万水，说不尽的妖魔鬼怪，专等着吃唐僧一口肉，但他却万水千山，一程一程走去，一心一念，只想取经……

　　那些年许多事都忘了，只记得下雨天，满田埂都是紫色的蜗牛，我兴奋地带着笑子去捡，每捡它几十个，便送去给阿伯——阿伯是我们隔邻的老农，他的太太便把蜗牛剁了，喂鸭子。

　　去年，三舅心脏病发，去世了，我赶到基隆，在钉棺前看他最后一眼，只因我还感念，那些夏夜，他怎样跟我们讲起唐僧和孙悟空、猪八戒，四面流萤中，小小的我仿佛看见唐僧一双定定的越过大漠而直望向西方的眼睛。

　　三舅的胸前堆着几本书，一本《左传》放在最上面，里面还夹着一支红铅笔，说是他临终那天还在看的，我几乎想过去摇他，请他坐起来，再为我讲一段《东周列国志》……

那段岁月，我不曾知道整个民族的悲剧，因而才勉强有一段安恬的童年。能看稻浪，能以番薯叶作耳环，能幻想自己是孙悟空的童年。而三十年过去，清风明月，何物不可悟道？花香鸟语，何处不是玄机？一部《西游记》，一片腾腾而香的阳光下的稻田，幼小的每一件幸福，在在都能指示我中国人的路。

让我们也带着从容和宠爱看着这一代的孩子吧！让他们的笑靥补偿他们祖父那一代的血泪和父亲那一代的汗浆吧！

对于年轻的孩子，我总是给予祝福和信任。《旧约》里，东征西讨的忧患国王大卫，一心想为上帝建殿，上帝却居然拒绝了，宁可选择他的儿子所罗门——一个在安详乐利的环境中长大的孩子。中国古代小说里最后操控大局的并不是肌肉虬结髭须怒张的莽夫，而是心闲气定廓然有容的白面书生。能修得天下第一等武功的不是尘土满面的江湖倦客，而是那纯洁的一无心机的豪气少年。

就让他们不知道吧，就让他们抱着吉他唱校园歌曲吧！就让他们去爬大霸尖山吧！就让他们穿着牛仔裤躺在阳光草坪上数流浪的云吧！少年别无责任，就让幸福是他们的责任吧！

初雪

诗诗，我的孩子：

如果五月的花香有其源自，如果十二月的星光有其出发的处所，我知道，你便是从那里来的。

这些日子以来，痛苦和欢欣都如此尖锐，我惊奇在它们之间区别竟是这样的少。每当我为你受苦的时候，总觉得那十字架是那样轻省，于是我忽然了解了我对你的爱情，你是早春，把芬芳秘密地带给了园。

在全人类里，我有权利成为第一个爱你的人。他们必须看见你，了解你，认识你而后决定爱你，但我不需要。你的笑貌在我的梦里翱翔，具体而又真实。我爱你没有什么可夸耀的，事实上没有人能忍得住对孩子的爱情。

你来的时候，我开始成为一个爱思想的人，我从来没有这样深思过生命的意义，这样敬重过生命的价值，我第一次被生命的神圣和庄严感动了。

因着你，我爱了全人类，甚至那些金黄色的雏鸡，甚至那些走起路来摇摆不定的小树，它们全都让我爱得心疼。

我无可避免地想到战争，想到人类最不可抵御的一种悲剧。我们这一代人像菌类植物一般，生活在战争的阴影里，我们的童年便在拥塞的火车上和颠簸的海船里度过。而你，我能给你怎样的一个时代？我们既不能回到诗一般的十九世纪，也不能隐向神话般的阿尔卑斯山，我们注定生活在这样一个年代，以及这样一个的中国。

孩子，每思及此，我就对你抱歉，人类的愚蠢和卑劣把自己陷在悲惨的命运里。而今，在这充满核子恐怖的地球上，我们有什么给新生的婴儿？不是金锁片，不是香槟酒，而是每人平均相当一百万吨 TNT 的核子威力。孩子，当你用完全信任的眼光看这个世界的时候，你是否看得见那些残忍的武器正悬在你小小的摇篮上，以及你父母亲的大床上？

我生你于这样一个世界，我也许是错了。天知道我们为你安排了一段怎样的旅程。

但是，孩子，我们仍然要你来，我们愿意你和我们一起学习爱人类，并且和人类一起受苦。不久，你将学会为这一切的悲剧而流泪——而我们的世代多么需要这样的泪水和祈祷。

　　诗诗，我的孩子，有了你我开始变得坚韧而勇敢。我竟然可以面对着冰冷的死亡而无惧于它的毒钩，我正视着生产的苦难而仍觉傲然。为你，孩子，我会去胜过它们。我从没有像现在这样热爱过生命，你教会我这样多成熟的思想和高贵的情操，我为你而献上感谢。

　　前些日子，我忽然想起《新约》上的那句话："你们虽然没有见过他，却是爱他。"我立刻明白爱是一种怎样独立的感情。当尤加利的梢头掠过更多的北风，当高山的峰巅开始落下第一片初雪的莹白，你便会来到。而在你珊瑚色的四肢还没有开始在这个世界挥舞以前，在你黑玉的瞳仁还没有照耀这个城市之先，你已拥有我们完整的爱情，我们会教导你在孩提以前先了解被爱。诗诗，我们答应你要给你一个快乐的童年。

　　写到这里，我又模糊地忆起江南那些那么好的春天，而我们总是伏在火车的小窗上，火车绕着山和水而行，日子似乎就那样延续着，我仍记得那满山满谷的野杜鹃！满山满谷又凄凉又美丽的忧愁！

　　我们是太早懂得忧愁的一代。

　　而诗诗，你的时代未必就没有忧愁，但我们总会给你一个丰富的童年，在你所居住的屋顶下没有属于这个世界的财富，但有许多的爱，许多的书，许多的理想和梦幻。我们会为你砌一座故事里的玫瑰花床，你便在那柔软的花瓣上游戏和休息。

当你渐渐认识你的父亲，诗诗，你会惊奇于自己的幸运，他诚实而高贵，他亲切而善良。慢慢地你也会发现你的父母相爱得有多么深。经过这样多年，他们的爱仍然像林间的松风，清馨而又新鲜。

诗诗，我的孩子，不要以为这是必然的，这样的幸运不是每一个孩子都有的。这个世界不是每一对父母都相爱的。曾有多少个孩子在黑夜里独泣，在他们还没有正式投入人生的时候，生命的意义便已经否定了。诗诗，诗诗，你不会了解那种幻灭的痛苦，在所有的悲剧之前，那是第一出悲剧。而事实上，整个人类会相残。诗诗，你去教他们相爱吧，像那位诗哲所说的：

他们残暴地贪婪着，嫉妒着，他们的言辞有如隐藏的刀锋正渴于饮血。

去，我的孩子，去站在他们不欢之心的中间，让你温和的眼睛落在他们身上，有如黄昏的柔霭淹没那日间的争扰。

让他们看你的脸，我的孩子，因而知道一切事物的意义，让他们爱你，因而彼此相爱。

诗诗，有一天你会明白，上苍不会容许你吝守着你所继承的爱，诗诗，爱是蕾，它必须绽放。它必须在疼痛的破拆中献芳香。

诗诗，也教导我们学习更多更高的爱。记得前几天，一则药商的广告使我惊骇不已。那广告是这样说的："孩子，不该比别人的衰弱，下一代的健康关系着我们的面子。要是孩子长得比别人的健康、美丽、快乐，该多好多荣耀啊。"诗诗，人性的卑劣使我不禁齿冷。诗诗，我爱你，我答应你，永不在我对你的爱里掺入不纯洁的成分，你就是你，你永不会被我们拿来和别人比较，你不需要为满足父母的虚荣心而痛苦。你在我们眼中永远杰出，你可以贫穷、可以失败，甚至可以潦倒。诗诗，如果我们骄傲，是为你本身而骄傲，不是为你的健康美丽或者聪明。你是人，不是我们培养的灌木，我们决不会把你修剪成某种形态来使别人称赞我们的园艺天才。你可以照你的倾向生长，你选择什么样式，我们都会喜欢——或者学习着去喜欢。

我们会竭力地去了解你，我们会慎重地俯下身去听你述说一个孩童的秘密愿望，我们会带着同情与谅解帮助你度过忧闷的少年时期。而当你成年，诗诗，我们仍愿分担你的哀伤，人生总有那么些悲怆和无奈的事，诗诗，如果在未来的日子里你感觉孤单，请记住你的母亲，我们的生命曾一度相系，我会努力使这种系联持续到永恒。我再说，诗诗，我们会试着了解你，以及属于你的时代。我们会信任你——上帝从不赐下坏的婴孩。

我们会为你祈祷，孩子，我们不知道那些古老而太平的岁月会在什么时候重现。那种好日子终我们一生也许都看不见了。

如果这种承平永远不会再重现，那么，诗诗，那也是无可抗拒无可挽回的事。我只有祝福你的心灵，能在苦难的岁月里有内在的宁静。

常常记得，诗诗，你不单是我们的孩子，你也属于山，属于海，属于五月里无云的天空——而这一切，将永远是人类欢乐的主题。

你即将长大，孩子，每一次当你轻轻地颤动，爱情便在我的心里急速涨潮，你是小芽，蕴藏在我最深的深心里，如同音乐蕴藏在长长的箫笛中。

前些日子，有人告诉我一则美丽的日本故事。说到每年冬天，当初雪落下的那一天，人们便坐在庭院里，穆然无言地凝望那一片片轻柔的白色。

那是一种怎样虔敬动人的景象！那时候，我就想到你，诗诗，你就是我们生命中的初雪，纯洁而高贵，深深地撼动着我。那些对生命的惊服和热爱，常使我在静穆中有哭泣的冲动。

诗诗，给我们的大地一些美丽的白色。诗诗，我们的初雪。

人物篇

我在餐厅看书，那一年我大三。

餐厅四周是树，树外是曲折的杜鹃杂生的山径，山径之上交错着纵横的夜星。

餐厅的一头是间空屋，堆着几张乒乓球桌，另一头是厨房，那里住着一个新来的厨子。

我看完了书，收拾我的东西，忽然发现少了一本《古文观止》。我不好意思大叫，只好一个一个地去问，大家全说没有看到，最后有一个女孩不太确定地说："我看到厨子捧着一本书，在乒乓球桌那里，不知道是不是你的。"

我生着气去找厨子，正好一眼就看到他拿着那本《古文观止》，我一言不发地走过去。

半句吟哦戛然而止，厨子慌张地站起来，他是一个典型的胖嘟嘟的厨子，脸上堆着油腻的笑容。

黯淡的灯光下，一个有名字的小人物在读温馨的《古文观止》，浅碧色的丝带停在《陋室铭》上，我真要责备他吗？

"是你的书吧？你不在，我就拿来看看，本来只想看一点的，看得太久了吧？"他脸上挂着卑微的歉意，说的是一口难懂的福州腔，"是看得太久了，我太久没有看了。"

我要生气吗？那些古老、美好、掷地可作金石响的文章，只该放在一个中文系三年级学生的书桌上吗？它不该哺育所有的不知名的山村中的人吗？能看到一张被油垢染黄的脸灯下夜读是怎样美丽，我还能坚持书是我的吗？

"不忙，你要看就多看一下吧！"

他再三推开了，没有了书的双手在灯下显得异常空荡，他仍然温和地笑着，那种古老的、寂寞的、安于现实生活的中国人的笑。

我忽然了解，从基本精神上看来，每一个中国人都是读书人。

我自此更爱中国书，它们曾被多少善良的中国人的眸光所景仰啊！他们曾在多少低檐的屋角下熏染着耙上的土香啊！它们曾在多少凄寒的夜晚被中国式的平仄抑扬所吟哦啊！

中国人因读中国书而深沉了，中国书因被中国人读而优美了。

有一次，从罗斯福路走过，那天天气很好，由于路拓宽了，竟意外地把某家人家的一架紫气腾腾的九重葛弄到人行道上来了，九重葛未被算为"违章"，我不知这该感谢谁。总之，在一个不春不夏不秋不冬的日子，在高速公路旁黯淡而模糊的黄尘里，能看到一树九重葛是一件愉快的事。

走了几步，又看到一张"阿瘦露担面在此巷内"的小招贴，红纸条已经被风雨吹成淡红色——其实也许甚至连淡红色也不是了。我呆站了一会，竟觉得自己和阿瘦十分熟悉。我想他必是一个窄肩削脸的小人物，一双长筷子，一把捞面的篓子，常常腾云驾雾地站在面锅后面的水汽里。

能带着自嘲的笑意叫自己"阿瘦"是一件了不起的事！世上有多少因为自己是秃子而怕听人说"亮"的人。

连带地，也想起那些堂皇的市招，如"唐矮担担面""周胖子饺子馆""大声公粥品""老头牛肉面"。

连带地又想起"王二麻子"，想起"麻婆"。

中国是一个和悦的民族，王二麻子是，阿瘦也是。中国人是一个能够接受自己缺点而又能正视它的人，由于一种高度的自尊和自信，他们能够坦然地照着自己的样子接受自己。

步下红毯之后

妹妹被放下来，扶好，站在院子里的泥地上，她的小脚肥肥白白的，站不稳。她大概才一岁吧，我已经四岁了！

妈妈把菜刀拿出来，对准妹妹两脚中间那块泥，认真而且用力地砍下去。

"做什么？"我大声问。

"小孩子不懂事！"妈妈很神秘地收好刀，"外婆说的，这样小孩子才学得会走路，你小时候我也给你砍过。"

"为什么要砍？"

"小孩生出来，脚上都有脚镣锁着，所以不会走路，砍断了才走得成路。"

"我没有看见，"我不服气地说，"脚镣在哪里？"

"脚镣是有的，外婆说的，你看不见就是了。"

"现在断了没？"

"断了，现在砍断了，妹妹就要会走路了。"

妹妹后来当然是会走路了，而且，我渐渐长大，终于也知道妹妹会走路跟砍脚镣没有什么关系，但不知为什么，那遥远的画面竟那样清楚兀立，使我感动。

也许脚镣手铐是真有的，做人总是冲，总是顿破什么，反正不是我们壮硕自己去撑破镣铐，就是让那残忍的钢圈箍入我们的皮肉！

是暮春还是初夏也记不清了，我到文星出版社的楼上去，萧先生把一份契约书给我。

"很好，"他说，他看来高大、精细、能干，"读你的东西，让我想到小时候念的冰心和泰戈尔。"

我惊讶得快要跳起来，冰心和泰戈尔？这是我熟得要命，爱得要命的呀！他怎么会知道？我简直觉得是一份知遇之恩，《地毯的那一端》就这样卖断了，扣掉税我只拿到二千多元，但也不觉得吃了亏。

我兴冲冲地去找朋友调色样，我要了紫色，那时候我新婚，家里的布置全是紫色，窗帘是紫的，床罩是紫的，窗棂上的珊瑚藤是紫的，那紫色漫溢到书页上，一段似梦的岁月。那是个漂亮的阳光昼日，我送色样到出版社去，路上碰到三毛，她也是去送色样，她是为男友舒凡的书调色，调的草绿色，或说是酪梨绿，我也喜欢那颜色。那天下午的三毛真是美丽，因为心中有爱情，手中有颜色。我趋前谢谢她，因为不久前她为我画了一幅婚礼上的签名绸，画些绝美的牡丹。

出书真是件兴奋的事，我们愉快地将生命中的一抹色彩交给了那即将问世的小册子。

"我们那时候一齐出书，"有一次康芸薇说，"文星宣传得好大呀，放大照都挂出来了。"

那事我倒忘了，经她一提，想想好像真有那么回事，并且是摄影家柯锡杰照的。却记得自己不怎么记得照片的事，却记得自己常常下了班，巴巴地跑到出版社楼上，请他们给我看新书发售的情形。

"谁的书比较好卖？"其实书已卖断，销路如何跟我已经没有关系。

"你的跟叶珊的。"店员翻册子给我看，叶珊就是后来的杨牧。

我拿过册子仔细看，想知道到底是叶珊卖得多，还是我——我说不上那是痴还是幼稚，那时候成天都为莫名其妙的事发急发愁，年轻大概就是那样。

那年十月，《幼狮文艺》的朱桥寄了一张庆典观礼券给我，我去了。丈夫也有一张票，我们的座位不同区，相约散会的时候在体育场门口见面。

我穿了一身洋红套装，那天的阳光辉丽，天空一片艳蓝，我的位置很好，"军队运动会"的表演很精彩，想看的领导人又近在咫尺，而丈夫，在场中的某个位子上，我们会后会相约而归，一切正完美晶莹，饱满无憾……

但是，忽然，我的泪水夺眶而出，我想起了南京……

不是地理上的南京，是诗里的，词里的，魂梦里的，母亲的乡音里的南京（母亲不是南京人，但在南京读中学）依稀记得那名字，玄武湖、明孝陵、鸡鸣寺、夫子庙、秦淮河……

不，不要想那些名字，那不公平，中年人都不乡愁了，你才这么年轻，乡愁不该交给你来愁，你看表演吧，你是被邀请来看表演的，看吧！很好的位子呢！不要流泪，你没看见大家都好好的吗！你为什么流泪呢？你真的还太年轻，你身上穿的仍是做新娘子的嫁服，你是幸福的，你有你小小的家，每天黄昏，拉下紫幔等那人回来，生活里有小小的气恼，小小的得意，小小的凄伤和甜蜜，日子这样不就很好了吗？

不是碰故园之思，它太强，不要让三江五岳来撞击你，不要念赤县神州的名字，你受不了的，真的，日子过得很好，把泪逼回去，你不能开始，你不能开始，你不能开始，你一开始就不能收回……

我坐着，无效地告诫着自己，从金门来的火种在会场里点着了，赤膊的汉子在表演蛙人操，仪队的枪托冷凝如紫电，特别是看台上面的大红柱子，直辣辣地逼到眼前来，我无法遏抑地想着中山陵，那仰向苍天的阶石，中国人的哭墙，我们何时才能将发烫的额头抵上那神圣的冰凉，我们将一步一稽额地登上雾锁云埋的最高岭……

会散了，我挨蹭到门口，他在那里等我，我们一起回家。

"你怎么了？"走了好一段路，他忍不住问我。

"不，不要问我。"

"你不舒服吗？"

"没有。"

"那，"他着急起来，"是我惹了你？"

"没有，没有，都不是——你不要问我，求求你不要问我，一句话都不要跟我讲，至少今天别跟我讲……"

他诧异地望着我，惊奇中却有谅解，近午的阳光照在宽阔坦荡的敦化北路上，我们一言不发地回到那紫色小巢。

他真的没有再干扰我，我恍恍惚惚地开始整理自己，我渐渐明白有一些什么根深蒂固的东西一直潜藏在我自己也不甚知道的渊深之处，是淑女式的教育所不能掩盖的，是传统中文系的文字训诂和诗词歌赋所不能磨平的，那极蛮横极狂野极热极不可挡的什么，那种"欲饱史笔有脂髓，血作金汤骨作垒，凭将一腔热肝肠，烈作三江沸腾水"（那是我自己的句子，不算诗，因为平仄不对）的情怀……

我想起极幼小的时候就和父亲别离，那时家里有两把长刀，是抗战胜利时分到的，鲨鱼皮，古色古香，算是身无长物的父亲唯一贵重的东西，母亲带着我和更小的妹妹到台湾，父亲不走，只送我们到江边，他说："那把刀你带着，这把，我带着，他年能见面当然好，不然，总有一把会在。"

那样的情节，那样一句一钢钉的对话，竟然不是小说而是实情！

父亲最后翻云南边境的野人山而归，长刀丢了，唯一带回来的是劫后之身。

不是在圣人书里，不是在线装的教训里，我了解了家国之思，我了解了那份渴望上下拥抱五千年，纵横把臂八亿人的激情，它在那里，它一直在那里……

随便抓了一张纸，就在那空白的背面，用的是一支铅笔，我开始写《十月的阳光》：

那些气球都飘走了，总有好几百个吧？在透明的蓝空里浮泛着成堆的彩色，人们全都欢呼起来，仿佛自己也分沾了那份平步青云的幸运——事情总是这样的，轻的东西总能飘得高一点，而悲哀拽住我，有重量的物体总是注定下沉的。

体育场很灿烂，闪耀着晚秋的阳光，礼炮沉沉地响着，这是十月，一九六六年的十月，武昌的故事远了。西风里悲壮的往事远了……中山陵上的落叶已深，我们的手臂因渴望一个扫墓的动作而酸痛。

我忽然明白，写《地毯的那一端》的时代远了，我知道我更该写的是什么，闺阁是美丽的，但我有更重的剑要佩、更长的路要走。

《十月的阳光》后来得了奖，奖金一千元，之后我又得过许多奖，许多奖金、奖座、奖牌，领奖时又总有盛会，可是只有那一次，是我真正激动的一次，朱桥告诉我，评审委员读着，竟哭了。

我不能永远披着白纱，踏着花瓣，走向红毯尽处的他，当我们携手走下红毯，迎人而来的是风是雨，是风雨声中恻恻的哀鸣。

——但无论如何，我已举步上路。

不朽的失眠

他落榜了！一千二百年前。榜纸那么大那么长，然而，就是没有他的名字。啊！竟单单容不下他的名字“张继”那两个字。

考中的人，姓名一笔一画写在榜单上，天下皆知。奇怪的是，在他的感觉里，考不上，才更是天下皆知，这件事，令他羞惭沮丧。

离开京城吧！议好了价，他踏上小舟。本来预期的情节不是这样的，本来也许有插花游街、马蹄轻疾的风流，有衣锦还乡袍笏加身的荣耀。然而，寒窗十年，虽有他的悬梁刺股，琼林宴上，却并没有他的一角席次。

船行似风。

江枫如火，在岸上举着冷冷的爝焰，这天黄昏，船，来到了苏州。但，这美丽的古城，对张继而言，也无非是另一个触动愁情的地方。

如果说白天有什么该做的事，对一个读书人而言，就是读书吧！夜晚呢？夜晚该睡觉以便养足精神第二天再读。然而，今夜是一个忧伤的夜晚。今夜，在异乡，在江畔，在秋冷雁高的季节，容许一个落魄的士子放肆他的忧伤。江水，可以无限度地收纳古往今来一切不顺遂之人的泪水。

这样的夜晚，残酷地坐着，亲自听自己的心正被什么东西啮噬而一分一分消失的声音。并且眼睁睁地看自己的生命如劲风中的残灯，所有的力气都花在抗拒，油快尽了，微火每一刹那都可能熄灭。然而，可恨的是，终其一生，它都不曾华美灿烂过啊！

江水睡了，船睡了，船家睡了，岸上的人也睡了。唯有他，张继，醒着，夜愈深，愈清醒，清醒如败叶落余的枯树，似梁燕飞去的空巢。

起先，是睡眠排拒了他。（也罢，这半生，不是处处都遭排拒吗？）而后，是他在赌气，好，无眠就无眠，长夜独醒，就干脆彻底来为自己验伤，有何不可？

月亮西斜了，一副意兴阑珊的样子。有鸟啼，粗嘎嘶哑，是乌鸦。那月亮被它一声声叫得更黯淡了。江岸上，想已霜结千草。夜空里，星子亦如清霜，一粒粒零落凄绝。

在须角在眉梢，他感觉，似乎也森然生凉，那阴阴不怀好意的凉气啊，正等待凝成早秋的霜花，来贴缀他惨淡少年的容颜。

江上渔火二三，他们在干什么？在捕鱼吧？或者，虾？他们也会有撒空网的时候吗？世路艰辛啊！即使潇洒的捕鱼人，也不免投身在风波里吧？然而，能辛苦工作，也是一种幸福吧！今夜，月自光其光，霜自冷其冷，安心的人在安眠，工作的人去工作。只有我张继，是天不管地不收的一个，是既没有权利去工作，也没福气去睡眠的一个……

钟声响了，这奇怪的深夜的寒山寺钟声。一般寺庙，都是暮鼓晨钟，寒山寺庙敲"夜半钟"，用以惊世。钟声贴着水面传来，在别人，那声音只是睡梦中模糊的衬底音乐。在他，却一记一记都撞击在心坎上，正中要害。钟声那么美丽，但钟声自己到底是痛还是不痛呢？既然失眠，他推枕而起，摸黑写下"枫桥夜泊"四字。然后，就把其余二十八字照抄下来。我说"照抄"，是因为那二十八个字在他心底已像白墙上的黑字一样分明凸显：

月落乌啼霜满天，江枫渔火对愁眠。

姑苏城外寒山寺，夜半钟声到客船。

感谢上苍，如果没有落第的张继，诗的历史上便少了一首好诗，我们的某一种心情，就没有人来为我们一语道破。

一千二百年过去了，那张长长的榜单上（就是张继挤不进去的那纸金榜）曾经出现过的状元是谁？哈！谁管他是谁？真正被记得的名字是"落第者张继"。有人会记得那一届状元披红游街的盛景吗？不！我们只记得秋夜的客船上那个失意的人，以及他那场不朽的失眠。

大音

大音希声，大象希形——老子

他曾经给我们音乐，而现在，他不能再给我们了。

但真正的大音可以不借声律，真正震撼人的巨响可以是沉寂，所以，他仍在给我们音乐。

他是史惟亮先生。

对我而言，他差不多是一种传奇性的人物。以前，他做的是抗日后方工作，在东北——那神秘的、悲壮的土地上（只有在那山从榛莽江河浩渺的土地上，才能孕育出他这样纯洁的人物吧！）。他又在西班牙，在德国学音乐，是作曲家，是音乐理论家，一心想弄好一座音乐图书馆，他还不时跋山涉水地去采民谣……

去年秋天，我托人交了一本我的舞台剧《严子与妻》给他。

不久，我跟他打电话，他的声音异样地柔和：

"我好喜欢这剧本，写得真美。"

作为一个剧作者，在精神上差不多是赤裸的，任何人可以给你赞美也可以给你鞭笞，我早已学会了淡然，但史先生的赞美不同，我激动地抓紧电话筒。

"我可以帮得上什么忙吗？"

我正不知如何开口，他竟那么仁慈地先说了。

"我对配乐的构想是这样的，我认为戏剧是主，音乐不可以喧宾夺主，我希望观众甚至没有发现到音乐——虽然音乐一直在那里，中国音乐向来就不霸道的。"

他的话虽说得很简单，但是我还是觉得惊奇，让一个艺术家做这样多的让步，在别人少不了要经过跟对方的辩论，跟自己的矛盾，直到最后才得到协调。而在史先生，却是这样自然简单。

秋意更深时，他交出了初步的录音带，那天舞台和灯光的设计聂光炎先生也来了，负责视觉效果的和负责听觉效果的开始彼此探索对方，来做更进一步的修正。

"真谢谢你，借着这个机会我倒是想了许多我从前没有想过的东西，对我很有用。"

——他总是令我惊讶，应该致谢的当然是我，可是他竟说那样的话。似乎有人批评他生性孤傲，但是我所知道的史先生却是异样的谦逊。

刘凤学先生知道史先生答应配乐，很感奇怪：

"他暑假才动过大手术的。"

"手术？"我完全茫然。

"是的，癌症。"

不，不会的，不是癌症，一定什么人传错了话，他看起来健康而正常，或者那东西已经割除了，总之，癌不该和他有关系，他还有许多事要做。

他差不多总是微笑，他的牙齿特别白，特别好看，他的鼻以上有一种历经岁月和忧患的沧桑的美，鼻以下却是一种天真的童稚的美。他的笑容使我安心，笑得那么舒坦的人怎么可能是癌症病人。

他把配乐都写好了，找齐了人，大伙儿在录音室里工作了十二个小时，才算完成。

他对导演黄以功说："大概是我们最后一次合作了。"

我去打听，他得的真的是癌，而且情形比想象的还糟，医生根本没有给他割毒瘤，他们认为已经没有办法割了，医生起初甚至没有告诉他真实的情形，但他对一位老友说："我已经知道了，我在朋友们的眼睛里看出来。"

　　——听了那样的话我很骇然，以后我每次去看他的时候都努力注意自己的眼神有没有调整好，即使是欺骗，我也必须让他看到一双快乐的眼睛。

　　十一月，我们为了演出特刊而照相，他远从北投赶到华视摄影棚，那天他穿着白底蓝条衬衫，蓝灰色的夹克，他有一种只有中国读书人才可能有的既绝尘而又舒坦的优美。

　　为了等别人先摄，我们坐下聊天，他忽然说想在儿童节办一次儿童歌舞剧的演出，他说已找了四个学生，分别去写儿童歌舞剧了，那天我手边刚好有份写给小女儿的儿歌，题目是《全世界都在滑滑梯》：

　　　桃花瓣儿在风里滑滑梯，
　　　小白鱼在波浪里滑滑梯，
　　　夏夜的天空是滑梯，
　　　留给一颗小星去顽皮。
　　　荷叶的绿茸茸的滑梯，
　　　留给小水滴。
　　　从键盘上滑下来的是，
　　　朵、瑞、咪、发、梭、拉、提；
　　　从摇篮里滑出来的是，

小表妹梦里的笑意。

真的，真的，

全世界都在滑滑梯。

他看了，大为高兴，问我还有多少，他说可以串成一组来写，我也很兴奋，听到艺术家肯屈身为孩子做事，我总是感动的，我后来搜了十几首，拿去给他——却是拿到医院里给他的，他坐在五病房的接待室里，仍然意气昂扬，仍然笑得那么漂亮：

"每一首都可以写，我一出去就写，真好。"

后来他一直未能出院，他不知是安慰自己还是我，他说："酝酿得久些，对创作有好处。"

他还跟我谈他的歌剧，前面一部分序曲已写好，倒是很像《绣襦记》里的郑元和成为歌郎去鬻技的那段，他叙述一个读书人在一场卖唱人的竞歌中得到第一，结果众卖唱人排挤他，他终于在孤单的、不被接纳的情形下，直奔深山，想要参悟生命究竟是什么，可惜中间这段的歌词部分（其实不是歌词部分，而是思想部分）还想不到较好的处理方法，他提到这出未完成的歌剧有一点点惆怅，他说：

"在国外，一个大歌剧应该是由一个基金会主动邀请作曲家写的，那样就省力多了。"

他说得很含蓄，而且也没有抱怨谁，在所有的艺术家中，作曲家几乎是比剧作家更凄惨的，他必须自己写，自己抄，自己去找演奏的人，并且负责演出（事实上，目前连可供演出的理想地方也没有）一个歌剧连管弦乐队动辄百人以上，哪里是一个教员所能负担的，他的歌剧写不下去是一件令人神伤的事。

在医院里，他关心的也不是自己，圣诞节，荣总病房的前厅里有一株齐两层楼高的圣诞树，他很兴奋：

"我跟医院说，让我的学生来奉献一点圣诞音乐好不好，可惜医院不答应，怕吵了病人。"

谈到病，他说：

"知道有病，有两种心情，一种是急，想到要好好地把应该做的事做完，一种反而是轻松——什么都不必在乎了。"

冬天沉寂的下午，淡淡的日影，他的眼神安静，深邃，你跟他谈话，他让你走入他的世界，可是，显然地，他还有另一个世界，你可以感到他的随和从众，可是你又同时感到他的孤独。

钴六十对他根本无效，化学疗法只有使他的病情恶化，有一次他说：

"要是我住在一个小地方，从来不知有现代医学，也许我会活得久些，其实那东西回想起来，我在马德里就有——我的身体有办法把它压在那里七八年，想想，前几年我不是还满山遍野地跑着去找民谣吗？"

我喜欢他说自己的身体机能可以把癌症压抑七八年的那种表情，他始终都是自信的。

《严子与妻》上演了，他很兴奋，把我们送他的票都送给了医生，却自己掏钱给孩子买了票，我们给他一万元的作曲费，他也不收，他说：

"我从来没有想过钱这回事，你们可以奉献，我也奉献吧！"

他向医院请假要去看戏，院方很为难：

"让我去，也许是最后一次！"

他到了，坐在艺术馆里，大家都动容了，在整个浩瀚的宇宙剧场中，即使观众席上只有史先生一人，我们的演出就有了价值。

幕落了，我们特别介绍了史先生，他在掌声中站起来，赶到后台和演员握手，演严子的王正良忍不住号啕大哭起来，剧场原是最熙攘也最荒凉的地方，所有的聚无非成散，所有的形象终归成空幻——那是他死前四十三天，他安慰啜泣不已的正良，他说：

"演员的压力也真重啊！"

他倒去安慰演员，他真是好得叫人生气！他从不叫一声苦，倒像生病的是别人，连医生问他，他也不太说，只再三致谢——而其实，不痛苦是不可能的。

有一次，我去看他，他躺着，故作轻松地说：

"我不起来，我有点'懒'。"

他不说不舒服，只说"懒"，我发现他和探病者之间总在徒劳无益地彼此相骗。

由于医学院教书，我也找话来骗他，"有一个教授告诉我两组实验，有两组老鼠，都注射了肺结核，但第二组又加注了肾上腺，结果第一组老鼠都是一副病容，第二组老鼠仍然很兴奋，爬上爬下地活动。"

"对，"他很高兴，"我就是第二种老鼠。"

我也许不算骗他，我只是没有把整个故事讲完，实验的结果是第二组老鼠突然死去，解剖起来，才发现整个肺都已经烂了——那些老鼠不是没有病，只是在体内拥有一些跟病一样强的东西。

戏演完后，照例的尾声是挨骂，我原来也不是什么豁然大度的人，只是挨惯了骂，颇能了解它是整个演出环节中必然发生的一部分，也就算了，倒是他来安慰我：

"别管他们，我这儿收到一大把信，都是说好话的。"
他竟来安慰我！

他的白细胞下降了。

他开始用氧气了。

他开始肺积水了。

也不知是谁骗谁，我们仍在谈着出院以后合作一个Cantata（清唱剧）的事，那已是他死前十天了，他说：

"我希望来帮你忙。"

其实，我对 Cantata 的兴趣不大，我只是想给一个濒死的人更多活下去的力量，我想先把主旋律给他看，但那是苏武在冰天雪地中面临死亡所唱的一首歌，我怕他看了不免气血翻涌，以致不能静心养病，矛盾了很久迟迟不敢出手，而现在，他再也看不到了，那首旋律曲定名为《血笛》。

　　我的血是最红最热的一管笛

　　最长最温柔的笛

　　从头颅直到脚趾

　　蜿蜒的流绕我淙淙的爱

　　给你，我的中国

　　我的心是最深最沉的一面鼓

最雄肆最悲伤的鼓

从太古直击到永恒

焦急的献出我熊熊的爱

给你，我的中国

也不知算不算春天，荣总花圃里的早樱已经凄然地红了，非洲菊窜得满地金黄。

有一天，司马中原打电话来问我他的病房，他说华欣的人要去看他。

"反正，也只剩下他骗我们，我们骗他了。"我伤感地说。

"本来就是这样的——要是我有这一天，你也骗我吧！"我感到一种彻骨的悲哀，但还是打起精神为他烤了一块西式虾糕托司马送去，事后他的女儿告诉我：

"爸爸只吃了几口，他说很好吃。"

就那样几句话，我已感到一种哽咽的幸福。

记得有一次我去台南看史先生的老友赵先生（《滚滚辽河》的作者），赵太太在席间忽然说了一件从来不曾告诉人的三十年前的秘密——那是连史先生自己也不知道的。

那时候，史先生要出国学音乐，老朋友都知道他穷，各人捐了些钱，赵先生当时是军医，待遇很低，力不从心，但他还是送了一份钱——那是卖血得来的。

事隔二十年赵先生只淡然地说一句："我卖血倒是很顺便，我就在医院做事啊！"

有一个朋友肯为你卖血当然是一件幸福的事，但反过来说，能拥有一个值得为之去卖血的朋友，他活着，可以享受你的奉献，应该是一件同样幸福的事。

"他们那一代的事，今天的人不但不解，"有一次和亮轩在电话里谈起，他说，"而且也不能想象。"

真的，在观光饭店饯行，指定喝某个年份的白兰地，谈某某人的居留权，谁能了解那个以血相交的一代。

史先生受过洗，他一直不是那种打卡式的标准信徒，然而他私生活的严谨，他的狷介耿直，期之今世能有几人，在内心深处，他比谁都虔诚都热切。

他初病的时候我写了一封信给他，附了一篇祈祷文，我没有告诉他祈祷文的作者是我，我不惯于把自己的意志强烈地加在别人身上，但他似乎十分快乐，他说："那篇祈祷文真好，我已经照那样祈祷了。"又过了一段时间他要儿子给他买一本笔记簿，那篇祈祷文抄录在第一页上：

上帝，我是一个渺小的人

但仍然懂得羡慕你的伟大

上帝，我是一个常犯错的人

但仍然渴望去亲近你的圣洁

上帝，我是一个脆弱的人

但仍然向往十字架上救赎的爱

上帝，我的生命短暂如一声叹息

但永恒在你

上帝，我不知何所归依，如风中一苇

但看见你，弱草亦化为芦笛

上帝，别人只能看见我昂然站着的身影

你却窥见自内心深处向你膜拜的我

　　我趁香港开会之便买了个耶路撒冷的橄榄木做的十字架送给他，木纹细致古拙，他很激动地抱在胸前，摩挲着，紧按着，那一刹，我觉得他握着的不是一个小礼物，而是他所爱的一个生活模式——他一生都在背负着十字架。

　　他一再向我道谢，说我给了他最贵重的礼物——其实和他所赠给我的相比，我什么都没有给他，他给我的是他自知不起后仅余的健康，是他生命末期孤注一掷的光和热，我无法报答他相知相重的情谊，我只能把自己更多地投向他所爱过的人群。

1977 年 2 月 14 日下午 3 时 50 分，他闭目了。

有些人的死是"完了"，史先生的却是"完成了"，他完成了一个"人"的历程。

《严子与妻》的配乐，并非他最后的绝响，因为真正的弦音在指停时仍玎琮，真正的歌声是板尽处仍缭绕，史先生留下的是一代音乐家的典型，是无声的大音，沉寂的巨响。

江河

一、 一个叫穆伦·席连勃的蒙古女孩

猛地，她抽出一幅油画，逼在我眼前。

"这一幅是我的自画像，我一直没有画完，我有点不敢画下去的感觉，因为我画了一半，才忽然发现画得好像我外婆……"

而外婆在一张照片里，照片在玻璃框子里，外婆已经死了十三年了。这女子，何竟在画自画像的时候画出了记忆中的外婆呢？其间有什么神秘的讯息呢？

外婆的全名是孛儿只斤·光濂公主，一个能骑能射枪法精准的旧王族，属于吐默特部落，成吉思汗的嫡系子孙。她老跟小孙女说起一条河（多像《根的故事》！），河的名字

叫"西拉木伦",后来小女孩才搞清楚,外婆之所以一直说
着那条河,是因为——一个女子的生命无非就是如此,在河
的这一边,或者那一边。

小女孩长大了,不会射、不会骑,却有一双和开弓射箭
等力的手——她画画。在另一幅已完成的自画像里,背景竟
是一条大河,一条她从来没有去过的故乡的河——"西拉木
伦"。一个人怎能画她没有见过的河呢?这蒙古女子必然在
自己的血脉中听见河水的淙淙、在自己的黑发中隐见了河川
的流泻,她必然是见过"西拉木伦"的一个。

事实上,她的名字就是"大江河"的意思,她的蒙古全
名是穆伦·席连勃,但是,我们却习惯叫她席慕蓉,慕蓉是
穆伦的译音。

而在半生的浪迹之后,由中国四川、香港、台湾,而到
比利时布鲁塞尔,终于在石门乡村置下一幢独门独院,并在
庭中养着羊齿植物和荷花的画室里,她一坐下来画自己的时
候,竟仍然不经意地几乎画成外婆,画成塞上弯弓而射的孛
儿只斤·光濂公主,这期间,涌动的是一种怎样的情感呢?

二、好大好大的蓝花

两岁，住在重庆，那地方有个好听的名字，叫金刚坡，记忆就从那里开始。似乎自己的头特别大，老是走不稳，却又爱走，所以总是跌跤，但因长得圆滚倒也没受伤。她常常从山坡上滚下去，家人找不到她的时候就不免要到附近草丛里拨拨看，但这种跌跤对小女孩来说，差不多是一种诡秘的神奇经验。有时候她跌进一片森林，也许不是森林只是灌木丛，但对小女孩来说却是森林。有时她跌跌撞撞滚到池边，静静的池塘边一个人也没有，她发现了一种"好大好大蓝色的花"，她说给家人听，大家都笑笑，不予相信，那秘密因此封缄了十几年。直到她上了师大，有一次到阳明山写生，忽然在池边又看到那种花，像重逢了前世的友人，她急忙跑去问林玉山教授，教授回答说是"鸢尾花"，可是就在那一刹那，一个持续了十几年的幻象忽然消灭了。那种花从梦里走到现实里来，它从此只是一个有名有姓有谱可查的、规规矩矩的花，而不再是小女孩记忆里好大好大、几乎用仰角才能去看的蓝花了。

如何一个小孩能在一个普普通通的池塘边窥见一朵花的

天机，其间有什么神秘的召唤？三十六年过去，她仍然惝惶不安地走过今春的白茶花，美，一直对她有一种蛊惑力。

如果说，那种被蛊惑的遗传特质早就潜伏在她母亲身上，也是对的。一九四九，世难如涨潮，她仓促走避，财物中她撇下了家传宗教中的重要财物"舍利子"，却把新做不久的大窗帘带着，那窗帘据席慕蓉回忆起来，十分美丽。初到台湾，母亲把它张挂起来，小女孩每次睡觉都眷眷不舍地盯着看，也许窗帘是比舍利子更为宗教、更为庄严的，如果它那玫瑰图案的花边，能令一个小孩久久感动的话。

三、十四岁的画架

别人提到她总喜欢说她出身于师大艺术系，以及后来的比利时布鲁塞尔的皇家艺术学院。但她自己总不服气，她总记得自己十四岁，背着新画袋和画架，第一次离家，到台北师范的艺术科去读书的那一段。学校原来是为训练小学师资而设的，课程安排当然不能全是画画，可是她把一切的休息和假期全用来作画了，硬把学校画成"艺术中学"。

一年级，暑假还没到，天却白热起来，别人都乖乖地在校区里画，她却离开同学，一个人走到学校后面去，当时的和平东路是一片田野，她怔怔地望着小河兀自出神。正午，阳光是透明的，河水是透明的，一些奇异的倒影在光和水的双重恍动下如水草一般的生长着。一切是如此喧哗，一切又是如此安静，她忘我地画着，只觉自己和阳光已浑然为一，她甚至不觉得热。直到黄昏回到宿舍，才猛然发现，短袖衬衫已把胳膊明显地划分成棕红和白色两部分。奇怪的是，她一点都没有感到风吹日晒，唯一的解释大概就是那天下午她自己也变成太阳族了。

"啊！我好喜欢那时候的自己，如果我一直都那么拼命，我应该不是现在的我！"

大四，国画大师溥心畬来上课，那是他的最后一年，课程尚未结束，他已撒手而去。他是一个古怪的老师，到师大来上课，从来不肯上楼，学校只好将就他，把学生从三楼搬到楼下来。他上课一面吃花生糖，一面问："有谁做了诗了？有谁填了词了？"他可以跟别人谈五代官制，可以跟别人谈四书五经、谈诗词，偏偏就是不肯谈画。

每次他问到诗词的时候，同学就把席慕蓉推出来，班上只有她对诗词有兴趣，溥老师因此对她很另眼相看。当然也

许还有另外一个理由，他们同属于"少数民族"，同样具有
溥老师的那方小印上刻的"旧王孙"的身份。有一天，溥老
师心血来潮，当堂写了一个"璞"字送给席慕蓉，不料有个
男同学斜冲出来一把就抢跑了——当然，即使是学生，大家
也都知道溥老师的字是"有价的"——溥老师和席慕蓉当时
都吓了一跳，两人彼此无言地相望了一眼，什么话也没说。
老师的那一眼似乎在说："奇怪，我是写给你的，你不去抢
回来吗？"但她回答的眼神却是："老师，谢谢你用这么好
的一个字来形容我，你所给我的，我已经收到了，你给我
那就是我的，此生此世我会感激，我不必去跟别人抢那幅字
了……"

隔着十几年，师生间那一望之际的千言万语仍然点滴在心。

四、当别人指着一株祖父时期的樱桃树

在欧洲，被乡愁折磨，这才发现自己魂思梦想的，不是
故乡的千里大漠，而是故宅北投。北投的长春路，记忆里只
有绿，绿得不能再绿的绿，万般的绿上有一朵小小的白云。

想着、想着，思绪就凝缩为一幅油画。乍看那样的画会吓一跳。觉得那正是陶渊明的"停云，思亲友也"的"图解"，又觉得李白的"浮云游子意"似乎是这幅画的注脚。但当然，最好你不要去问她，你问她，她会谦虚地否认，说自己是一个没有学问、没有理论的画者，说她自己也不知道为什么就这样直觉地画了出来。

那阵子，中国台湾与法国"断交"，她放弃了向往已久的巴黎，另外申请到两个奖学金，一个是到日内瓦读美术史，一个是到比利时攻油画。她选择了后者，她说，她还是比较喜欢画画——当然，凡是有能力把自己变成美术史的人，应该不必去读由别人绘画生命所累积成的美术史。

有一天，一个欧洲男孩把自家的一棵樱桃树指给她看：

"你看到吗？有一根枝子特别弯，你知道树枝怎么会弯的？是我爸爸坐的呀！我爸爸小时候偷摘樱桃被祖父发现了，祖父罚他，叫他坐在树上，树枝就给他压弯了，到现在都是弯的！"

说故事的人其实只不过想说一段轻松的往事，听的人却别有心肠地伤痛起来，她甚至忿忿然生了气。凭什么？一个欧洲人可以在平静的阳光下看一株活过三代的树，而作为一个中国人却被连根拔起，秦时明月汉时关，竟不再是我们可以悠然回顾的风景!

那愤怒持续了很久,但回台以后却在一念之间涣然冰释了。也许我们不能拥有祖父的樱桃树,但植物园里年年盛夏如果都有我们的履痕,不也同样是一段世缘吗?她从来不能忘记玄武湖,但她终于学会珍惜石门乡居的翠情绿意,以及六月里南海路上的荷香。

五、剽悍

那时候也不晓得怎么有那么大的勇气,自己抱着五十幅油画,赶火车到欧洲各城里去展览。不是整幅画带走,整幅画太大,需要雇货车来载,穷学生哪有这笔钱?她只好把木框拆下来,编好号,绑成一大扎,交火车托运。画布呢?她就自己抱着,到了会场,她再把条子钉成框子。有些男生可怜她一个女孩子没力气,想帮她钉,她还不肯,一径大叫:"不行,不行,你们弄不清楚,你们会把我的东西搞乱的!"

在欧洲,她结了婚,怀了孩子,赢得了初步的名声和好评,然而,她决定回来,把孩子生在自己的土地上。

知道她离开欧洲跑回中国台湾来，有位亲戚回台小住，两人重逢，那亲戚不再说话，只说："咦，你在台湾也过得不错嘛！"

"作为一个艺术家，当然还是生活在自己的土地上好。"她说这句话的时候，人在车里，车在台北石门之间的高速公路上。她手握方向盘，眼睛直朝前看而不略作回顾。

"她开车真'剽悍'，像蒙古人骑马！"有一个叫孙春华的女孩子曾这样说她。

剽悍就剽悍吧！在自己的土地上，好车好路，为什么不能在合法的矩度下意气风发一点呢？

六、跟荷花一起开画展

"你的画很拙，"廖老师这样分析她："你分明是科班出身（从十四岁就在苦学了！），你应该比别人更容易受某些前辈的影响，可是，你却拒绝所有的影响，维持了你自己。"

廖老师说得对，她成功地维持了她自己，但这不意味着她不喜欢前辈画家，相反的，正是因为每一宗每一派都喜欢，所以可以不至于太迷恋太沉溺于一家。如果要说起她真的比较喜欢的画，应该就是德国杜勒的铜版画了。她自己的线条画也倾向于这种风格，古典的、柔挺的，却根根清晰分明、似乎要——"负起责任"来的线条，让人觉得仿佛是从慎重的经籍里走出来的插页。

"我六月里在历史博物馆开画展，刚刚好，那时候荷花也开了。"

听不出她的口气是在期待荷花抑或是画展，在荷花开的时候开画展，大概算是一种别致的联展吧！

画展里最重要的画是一系列镜子，像荷花拔出水面，镜中也一一绽放着华年。

七、千镜如千湖，千湖各有其鉴照

"这面镜子我留下来很久了，因为是母亲的，只是也不觉得太特别，直到母亲回来，说了一句：'这是我结婚的时候人家送的呀！'我才吓了一跳，母亲十九岁结婚，这镜子经历多少岁月了？"她对着镜子着迷起来。

"所谓古董，大概是这么回事吧！大概背后有一个细心的女人，很固执地一直爱惜它、爱惜它，后来就变成古董了。"

那面小梳妆镜暂时并没有变成古董，却幻成为一面又一面的画布，像古神话里的法镜，青春和生命的密钥都在其中。站在画室中一时只觉千镜是千湖，千湖各有其鉴照。

"奇怪，你画的镜子怎么全是这样椭圆的、古典的，你没有想过画一长排镜子，又大又方又冷又亮，舞蹈家的影子很不真实地浮在里面，或者三角组合的穿衣镜，有着'花面交相映'的重复？"

"不，我不想画那种。"

"如果画古铜镜呢？那种有许多雕纹，而且照起人来模模糊糊的那一种。"

"那倒可以考虑。"

"习惯上，人家都把画家当作一种空间艺术的经营人，可是看你的画读你的诗，觉得你急于抓住的却是时间——你怎么会那样迷上时间的呢？你画镜子、你画荷花、你画欧洲婚礼上一束白白香香的小苍兰、你画雨后的彩虹（虽说是为小孩画的），你好像有点着急，你怕那些东西消失了，你要画下的、写下的其实是时间。"

"啊！"她显然没有分辨的意思，"我画镜子，也许因

为它象征青春，如果年华能倒流，如果一切能再来一次，我
一定把每件事都记得，而不要忘记……"

"我仍然记得十九岁那年，站在北投家中的院子里，背
后是高大的大屯山，脚下是新长出来的小绿草，我心里疼惜
得不得了，我几乎要叫出来；'不要忘记！不要忘记！'我
是在跟谁说话？我知道我是跟日后的'我'说话，我要日后
的我不要忘记这一刹！"

于是，另一个十九年过去，魔术似的，她真的没有忘记
十九年前那一霎时的景象。让人觉得一个凡人那样哀婉无奈
的美丽祝告，恐怕是连天地神明都要不忍的。人类是如此有
限的一种生物，人类活得如此粗疏懒慢，独有一个女子渴望
记住每一刹间的美丽，那么，神明想：成全她吧！

连你的诗也是一样，像《悲歌》里：

今生将不再见你
只为再见的
已不是你
心中的你已永不再现
再现的只是些沧桑的
日月和流年

《青春》里：

遂翻开那发黄的扉页
命运将它装订得极为拙劣
含着泪我一读再读
却不得不承认
青春是一本太仓促的书

而在《时光的河流》里：

啊，我至爱的此刻
从我们床前流过的
是时光的河吗

"我真是一个舍不得忘记的人……"她说。

（诚如她在《艺术品》那首诗中说的：是一件不朽的记忆，一件不肯让它消逝的努力，一件想挽回什么的欲望。）

"什么时候开始写诗的？"

"初中，从我停止偷抄二姊的作文去交作业的时候，我就只好自己写了。"

八、牧歌

记得初见她的诗和画，本能的有点趑趄犹疑，因为一时决定不了要不要去喜欢。因为她提供的东西太美，美得太纯洁了一点，使身为现代人的我们有点不敢置信。通常，在我们不幸的经验里，太美的东西如果不是虚假就是浮滥，但仅仅经过一小段的挣扎，我便开始喜欢她诗文中独特的那种清丽。

在古老的时代，诗人"总选集"的最后一部分，照例排上僧道和妇女的作品，因为这些人向来是"敬陪末座"的。席慕蓉的诗龄甚短（虽然她已在日记本上写了半辈子），你如果把她看作敬陪末座的诗人也无不可，但谁能为一束七里香的小花定名次呢？它自有它的色泽和形状。席慕蓉的诗是流丽的，声韵天成的，溯其流而上。你也许会在大路的尽头看到一个蒙古女子手执马头琴，正在为你唱那浅白晓畅的牧歌；你感动，只因你的血中多少也掺和着"径万里兮度沙漠"的塞上豪情吧！

她的诗又每多自宋诗以来对人生的洞彻，例如：

离别后
乡愁是一棵没有年轮的树
永不老去
——《乡愁》

又如：

爱，原来是没有名字的
在相遇前 等待就是它的名字
——《爱的名字》

或如：

溪水急着要流向海洋
浪潮却渴望重回土地
——《七里香》

像这样的诗——或说这样的牧歌——应该不是留给人去
研究，或者反复笺注的。它只是，仅仅只是，留给我们去喜悦、
去感动的。

不要以前辈诗人的"重量级标准"去预期她——余光中的磅礴激健、洛夫的邃密孤峭、杨牧的雅洁深秀、郑愁予的潇洒妩媚，乃至于管管的俏皮生鲜，都不是她所能及的。但是她是她自己，和她的名字一样，一条适意而流的江河，你看到它的满满地洋溢到岸上来的波光，听到它滂沛的旋律，你可以把它看成一条一目了然的河，你可以没于其中，泅于其中，鉴照于其中——但至于那河有多深沉或多惆怅，那是那条河自己的事情，那条叫西拉木伦的河的自己的事情。

而我们，让我们坐下来，纵容一下疲倦的自己，让自己听一首从风中传来的牧歌吧！

第三部

万物咏叹

我在

记得是小学三年级，偶然生病，不能去上学，于是抱膝坐在床上，心里竟有一份巨大幽沉至今犹不能忘的隐痛。为什么痛呢？因为你知道，你的好朋友都在那里，而你偏不在，于是你痴痴地想，他们此刻在操场上追追打打吗？他们在教室里挨骂吗？他们到底在干什么啊？不管是好是歹，我想跟他们在一起啊！

于是，开始喜欢点名。大清早，大家都坐得好好的，老师叫："×××!""在!"正经而清脆，仿佛不是回答老师，而是回答宇宙乾坤,告诉天地,告诉历史,说,有一个孩子"在"这里。

回答"在"字，对我而言总是一种饱满的幸福。

人们心目中的神明，所以神明，也无非由于其"昔在、今在、恒在"，以及"无所不在"的特质。而身为一个人，我对自己"只能出现于这个时间和空间"感到另一种可贵，仿佛我是拼图板上扭曲奇特的一块小形状，单独看，毫无意义，及至恰恰嵌在适当的时空，却也是不可少的一块。

其实人与人之间，或为亲情或为友情或为爱情，哪一种亲密的情谊不是基于我在这里、刚好你也在这里的前提？一切的爱，不就是"同在"的缘分吗？

有一年，和丈夫带着一团的年轻人到欧洲去表演，我坚持选崔颢的《长干曲》作为开幕曲。在一站复一站的陌生城市里，舞台上碧色绸子抖出来粼粼水波，唐人乐府悠然导出："君家何处住，妾住在横塘。停船暂借问，或恐是同乡。"渺渺烟波里，只因错肩而过，只因你在清风我在明月，只因彼此皆在这地球而地球对于个体生命来说又实在太大，所以不免停舟问一句话，问一问彼此隶属的籍贯，问一问昔日所生、他年所葬的故里，那年夏天，我们也是这样一路去问海外中国人的隶属所在的啊！？

我喜欢让自己是一个"紧急待命"的人，随时能说："我在，我在这里！"

那是端午节的晚上，在澎湖的小离岛。为了纪念屈原，渔人那一天不出海，小学校长陪着我们和家长会的渔民朋友吃饭，那些面对台北人和读书人自觉有一份卑抑的渔人，一喝了酒，竟人人急着说起话来，说他们没有淡水的日子怎么苦，说淡水管如何修好了又坏了，说他们宁可倾家荡产，也不要天天开船到别的岛上去搬运淡水……而他们嘴里所说的淡水，在台北人看来，也不过是咸涩难咽的怪味水罢了——只是于他们却是遥不可及的美梦。

我们原来只是想去捐书，只是想为孩子们设置阅览室，没有料到他们红着脸粗着脖子叫嚷的却是水！我能为他们做什么？在同盏共饮的黄昏，也许什么都不能，但至少我在这里，在倾听，在思索我能做的事……

《旧约·创世纪》里，堕落后的亚当在凉风乍至的伊甸园把自己藏匿起来。上帝说："亚当，你在哪里？"他噤而不答。如果是我，我会走出，说："上帝，我在，我在这里，请你看着我，我在这里。不比一个凡人好，也不比一个凡人坏，我有我的逊顺祥和，也有我的叛逆凶戾，我在我无限的求真求美的梦里，也在我脆弱的人性里。上帝啊，俯察我，我在这里。"

"我在"，意思是说我出席了，在生命的大教室里。

几年前，我在山里说过的一句话容许我再说一遍，作为终响："树在。山在。大地在。岁月在。我在。你还要怎样更好的世界？"

常常，我想起那座山

　　常常，我想起那座山。它沉沉稳稳地驻在那块土地上，像一方纸镇。美丽凝重且深情地压住这张纸，使我们可以在这张纸上写属于我们的历史。

　　有时是在市声沸天、市尘弥地的台北街头，有时是在拥挤而又落寞的公共汽车站，我总会想起那座山和山上的神木。那一座山叫拉拉山。

　　11 月，天气晴朗，薄凉。天气太好的时候我总是不安，看好风好日这样日复一日地好下去，我决心要到山里去一趟，一个人。一个活得很兴头的女人，既不逃避什么，也不为了出来"散心"——恐怕反而是出来"收心"，收她散在四方的心。

　　一个人，带一块面包，几只黄橙，去朝山谒水。

　　车行一路都是山，满山是宽大的野芋叶，绿得叫人喘不过气来。山色越来越矜持，秋色越来越透明。

车往上升，太阳往下掉，金碧的夕晖在大片山坡上徘徊顾却，不知该留下来依属山，还是追上去殉落日。和黄昏一起，我到了复兴，在日据时期的老屋过夜。

第二天我去即山，搭第一班车去。当班车像一只无桨无楫的舟一路荡过绿波绿涛，我一方面感到作为一个人一个动物的喜悦，可以去攀绝峰，但一方面也惊骇地发现，山，也来即我了。我去即山，越过的是空间，平的空间，以及直的空间。但山来即我，越过的是时间，从太初，它缓慢地走来，一场十万年或百万年的约会。

当我去即山，山早已来即我，我们终于相遇。

路上，无边的烟缭雾绕。太阳蔼然地升起来。峰回路转，时而是左眼读水，右眼阅山，时而是左眼披览一页页的山，时而是右眼圈点一行行的水——山水的巨帙是如此观之不尽。

不管车往哪里走，奇怪的是梯田的阶层总能跟上来。中国人真是不可思议，他们硬是把峰壑当平地来耕作。我想送梯田一个名字——"层层香"。

巴陵是公路局车站的终点。像一切的大巴士的山线终站，其间有着说不出的小小繁华和小小的寂寞———间客栈，一家兼卖肉丝面和猪头肉的票亭，车来时，扬起一阵沙尘，然后沉寂。

订了一辆计程车，我坐在前座，便于看山看水。司机是泰雅人。"拉拉是泰雅话吗？"我问，"是什么意思？""我也不知道，"他说，"哦，大概是因为这里也是山，那里也是山，山跟山都拉起手来了，所以就叫拉拉山啦！"他怎么会想起用普通话的字来解释泰雅的发音的？但我不得不喜欢这种诗人式的解释，一点也不假，他话刚说完，我抬头一望，只见活鲜鲜的青色一刷刷地刷到人眼里来，山头跟山头正手拉着手，围成一个美丽的圈子。

车虽是我一人包的，但一路上他老是停下载人，一会是从小路上冲来的小孩——那是他家老五，一会又搭乘一位做活的女工，有时他又热心地大叫："喂，我来帮你带菜！"看他连问都不问我一声就理直气壮地载人载货，我觉得很高兴。

"这是我家！"他说着，跳下车，大声跟他太太说话。他告诉我山坡上那一片是水蜜桃，那一片是苹果"要是你三月末，苹果花开，哼！"这人说话老是让我想起现代诗。

车子在凹凹凸凸的路上往前蹦着。我不讨厌这种路——因为太讨厌被平直光滑的大道把你一路输送到风景站的无聊。

"到这里为止，车子开不过去了，"约一个小时后，司机说，"下午我来接你。"

我终于独自一人了。独自来面领山水的圣谕。一片大地能昂起几座山？一座山能涌出多少树？一棵树里能秘藏多少鸟？鸟声真是种奇怪的音乐——鸟越叫，山越幽深寂静。

流云匆匆从树隙穿过。"喂！"我坐在树下，叫住云，学当年孔子，叫趋庭而过的鲤，并且愉快地问它："你学了诗没有？"山中轰轰然全是水声，插手寒泉，只觉自己也是一片冰心在玉壶。而人世在哪里？当我一插手之际，红尘中几人生了？几人死了？几人灭情灭欲大彻大悟了？记得小时老师点名，我们一举手说："在！"当我来到拉拉山，山在。

当我访水，水在。

还有，万物皆在，还有，岁月也在。

给我一个解释

一

后来，就再也没有见过那么美丽的石榴。石榴装在麻包里，由乡下亲戚扛了来。石榴在桌上滚落出来，浑圆艳红，微微有些霜溜过的老涩，轻轻一碰就要爆裂。爆裂以后则恍如什么大盗的私囊，里面紧紧裹着密密实实的、闪烁生光的珠宝粒子。

那时我五岁，住南京，那石榴对我而言是故乡徐州的颜色，一生一世不能忘记。

和石榴一样难忘的是乡亲讲的一个故事，那人口才似乎不好，但故事却令人难忘：

"从前，有对兄弟，哥哥老是会说大话，说多了，也没人肯信了，但他兄弟人好，老是替哥哥打圆场。有一次，他说：'你们大概从来没有看过刮这么大的风——把我家的井都刮到篱笆外头去啦！'大家不信，弟弟说：'不错，风真的很大，但不是把井刮到篱笆外头去了，是把篱笆刮到井里头来！'"

我偏着小头，听这离奇的兄弟，自己也不知道自己被什么所感动。只觉得心头沉甸甸的，跟装满美丽石榴的麻包似的，竟怎么也忘不了那故事里活龙活现的两兄弟。

四十年来家国，八千里地山河，那故事一直尾随我，连同那美丽如神话如魔术的石榴，全是我童年时代好得介乎虚实之间的东西。

四十年后，我才知道，当年感动我的是什么——是那弟弟娓娓的解释，那言语间有委屈、有温柔、有慈怜和悲悯。或者，照儒者的说法，是有恕道。

长大以后，又听到另一个故事，讲的是几个人在联句（或谓其中主角乃清代画家金冬心），为了凑韵脚，有人居然冒出一句"飞来柳絮片片红"的句子。大家面面相觑，不知此人为何如此没常识，天下柳絮当然都是白的，但"白"不押韵，奈何？解围的才子出面了，他为那人在前面凑加了一句，"夕阳返照桃花渡"，那柳絮便立刻红得有道理了。我每想及这样的诗境，便不觉为其中的美感瞠目结舌。三月天，桃花渡口红霞烈山，一时天地皆朱，不知情的柳絮一头栽进去，当然也活该要跟万物红成一气。这样动人的句子，叫人不禁要俯身自视，怕自己也正站在夹岸桃花的落日夕照之间，怕自己的衣襟也不免沾上一片酒红。《圣经》上说："爱能遮掩一切过错。"在我看来，因爱而生的解释才能把事情美满化解。所谓化解不是没有是非，而是超越是非。就算有过错也因那善意的解释如明矾入井，遂令浊物沉淀，水质复归澄莹。

女儿天性浑厚，有一次，上小学的她对我说："你每次说五点回家，就会六点回来，说九点回家，结果就会十点回来——我后来想通了，原来你说的是出发的时间，路上一小时你忘了加进去。"

我听了，不知该说什么。我回家晚，并不是忘了计算路上的时间，而是因为我生性贪溺，贪读一页书、贪写一段文字、贪一段山色……而小女孩说得如此宽厚，简直是鲍叔牙。二千多年前的鲍叔牙似乎早已拿定主意，无论如何总要把管仲说成好人。两人合伙做生意，管仲多取利润，鲍叔牙说："他不是贪心——是因为他家穷。"管仲三次做官都给人辞了。鲍叔牙说："他不是不长进，是他一时运气不好。"管仲打三次仗，每次都败亡逃走，鲍叔牙说："不要骂他胆小鬼，他是因为家有老母。"鲍叔牙赢了，对于一个永远有本事把你解释成圣人的人，你只好自肃自策，把自己真的变成圣人。

物理学家可以说，给我一个支点，给我一根杠杆，我就可以把地球举起来——而我说，给我一个解释，我就可以再相信一次人世，我就可以接纳历史，我就可以义无反顾地拥抱这荒凉的城市。

二

"述而不作"，少年时代不明白孔子何以要作这种没有才气的选择，我却希望作而不述。但岁月流转，我终于明白，述，就是去悲悯、去认同、去解释。有了好的解释，宇宙为之端正，万物由而含情。一部希腊神话用丰富的想象解释了天地四时和风霜雨露。譬如说朝露，是某位希腊女神的清泪。月桂树，则被解释为阿波罗钟情的女子。

农神的女儿成了地府之神的妻子，天神宙斯裁定她每年可以回娘家六个月。女儿归宁，母亲大悦，土地便春回。女儿一回夫家，立刻草木摇落众芳歇，农神的恩宠也翻脸无情——季节就是这样来的。

而莫考来是平原女神和宙斯的儿子，是风神，他出世第一天便跑到阿波罗的牧场去偷了两条牛来吃（我们中国人叫"白云苍狗"，在希腊人却成了"白云肥牛"）——风神偷牛其实解释了白云经风一吹，便消失无踪的神秘诡异。

神话至少有一半是拿来解释宇宙大化和草木虫鱼的吧？如果人类不是那么偏爱解释，也许根本就不会产生神话。

而在中国，共工与颛顼争帝，怒而触不周之山，在一番"天柱折，地维绝"之后，（是回忆古代的一次大地震吗？）发生了"天倾西北，地不满东南"的局面。天倾西北，所以星星多半滑到那里去了；地陷东南，所以长江黄河便一路向东入海。

而埃及的沙碛上，至今屹立着人面狮身的巨像，中国早期的西王母则"其状如人，豹尾、虎齿"，"穴处"。女娲也不免"人面蛇身"。这些传说解释起来都透露出人类小小的悲伤，大约古人对自己的"头部"是满意的，至于这副躯体，他们却多少感到自卑。于是最早的器官移植便完成了，他们把人头下面接了狮子、老虎或蛇、鸟什么的。说这些故事的人恐怕是第一批同时为人类的极限自悼，而又为人类的敏慧自豪的人吧？

而钱塘江的狂涛，据说只由于伍子胥那千年难平的憾恨。雅致的斑竹，全是妻子哭亡夫洒下的泪水……

解释，这件事真令我入迷。

三

　　有一次，走在大英博物馆里看东西，而这大英博物馆，由于是大英帝国全盛时期搜刮来的，几乎无所不藏。书画古玩固然多，连木乃伊也列成军队一般，供人检阅。木乃伊还好，毕竟是密封的，不料走着走着，居然看到一具枯尸，赫然趴在玻璃橱里。浅色的头发，仍连着头皮，头皮绽处，露出白得无辜的头骨。这人还有个奇异的外号叫"姜"，大概兼指他姜黄的肤色，和干皱如姜块的形貌吧！这人当时是采西亚一带的沙葬，热沙和大漠阳光把他封存了四千年，他便如此简单明了地完成了不朽，不必借助事前的金缕玉衣，也不必事后塑起金身——这具尸体，他只是安静地趴在那里，便已不朽，真不可思议。

　　但对于这具尸体的"屈身葬"，身为汉人，却不免有几分想不通。对于汉人来说，"两腿一伸"就是死亡的代用语，死了，当然得直挺挺地躺着才对。及至回台，偶然翻阅一篇人类学的文章，内中提到屈身葬。那段解释不知为何令人落泪，文章里说："有些民族所以采用屈身葬，是因为他们认为死亡而埋入土里，恰如婴儿重归母胎，胎儿既然在子宫中是屈身，人死入土亦当屈身。"我于是想起大英博物馆中那不知名的西亚男子，我想起在兰屿雅美人的葬地里一代代的死者，啊——原来他们都在回归母体。我想起我自己，睡觉时也偏爱"睡如弓"的姿势，冬夜里，尤其喜欢蜷曲如一只虾米的安全感。多亏那篇文章的一番解释，这以后我再看到屈身葬的民族，不会觉得他们"死得离奇"，反而觉得无限亲切——只因他们比我们更像大地慈母的孩子。

四

神话退位以后，科学所做的事仍然还是不断的解释。何以有四季？他们说，因为地球的轴心跟太阳成 23 度半的倾斜，原来地球恰似一侧媚的女子，绝不肯直瞪着看太阳，她只用眼角余光斜斜一扫，便享尽太阳的恩宠。何以有天际彩虹，只因为有万千雨珠——折射了日头的光彩。至于潮汐呢？那是月亮一次次致命的骚扰所引起的亢奋和委顿。还有甜沁的母乳为什么那么准确无误地随着婴儿出世而开始分泌呢（无论孩子早产或晚产）？那是落盘以后，自有讯号传回，通知乳腺开始泌乳……科学其实只是一个执拗的孩子，对每一件事物好奇，并且不管死活地一路追问下去……每一项科学提出的答案，我都觉得应该洗手焚香，才能翻开阅读，其间吉光片羽，都是天机乍泄。科学提供宇宙间一切天工的高度业务机密，这机密本不该让我们凡夫俗子窥视知晓，所以我每聆到一则生物的或生理的科学知识，总觉得敬惧凛栗，心悦诚服。

诗人的角色，每每也负责作"歪打正着"式的解释，"何处合成愁？"宋朝的吴文英作了成分分析后，宣称那是来自"离人心上秋"。东坡也提过"春色三分，二分尘土，一分流水"的解释，说得简直跟数学一样精准。那无可奈何的落花，三分之二归回了大地，三分之一逐水而去。元人小令为某个不爱写信的男子的辩解也煞为有趣："不是不修书，不是无才思，绕清江买不得天样纸。"这寥寥几句，已足令人心醉，试想那人之所以尚未修书，只因觉得必须买到一张跟天一样大的纸才够写他的无限情肠啊！

五

　　除了神话和诗，红尘素居，诸事碌碌中，更不免需要一番解释了，记得多年前，有次请人到家里屋顶阳台上种一棵树兰，并且事先说好了，不活包退费的。我付了钱，小小的树兰便栽在花圃正中间。一个礼拜后，它却死了。我对阳台上一片芬芳的期待算是彻底破灭了。

　　我去找那花匠，他到现场验了树尸，我向他保证自己浇的水既不多也不少，绝对不敢造次。他对着夭折的树苗偏着头呆看了半天，语调悲伤地说：

　　"可是，太太，它是一棵树啊！树为什么会死，理由多得很呢——譬如说，它原来是朝这方向种的，你把它拔起来，转了一个方向再种，它可能就要死！这有什么办法呢？"

　　他的话不知触动了我什么，我竟放弃退费的约定，一言不发地让他走了。

　　大约，忽然之间，他的解释让我同意，树也是一种自主的生命，它可以同时拥有活下去以及不要活下去的权利，虽然也许只是调了一个方向，但它就是无法活下去，不是有的人也是如此吗？我们可以到工厂里去订购一定容量的瓶子，一定尺码的衬衫，生命却不容你如此订购的啊！

以后，每次走过别人墙头冒出来的，花香如沸的树兰，微微的失望里我总想起那花匠悲冷的声音。我想我总是肯同意别人的——只要给我一个好解释。

至于孩子小的时候，做母亲的糊里糊涂地便已就任了"解释者"的职位。记得小男孩初入幼稚园，穿着粉红色的小围兜来问我，为什么他的围兜是这种颜色。我说："因为你们正像玫瑰花瓣一样可爱呀！""那中班为什么穿蓝兜？""蓝色是天空的颜色，蓝色又高又亮啊！""白围兜呢？大班穿白围兜。""白，就像天上的白云，是很干净很纯洁的意思。"他忽然开心地笑了，表情竟是惊喜，似乎没料到小小围兜里居然藏着那么多的神秘。我也吓了一跳，原来孩子要的只是那么少，只要一番小小的道理，就算信口说的，就够他着迷好几个月了。

十几年过去了，午夜灯下，那小男孩用当年玩积木的手在探索分子的结构。黑白小球结成奇异诡秘的勾连，像一扎紧紧的玫瑰花束，又像一篇布局繁复却条理井然无懈可击的小说。

"这是正十二面烷。"他说，我惊讶这模拟的小球竟如此匀称优雅，黑球代表碳、白球代表氢，二者的盈虚消长便也算物华天宝了。

"这是赫素烯。"

"这是……"

我满心感激,上天何其厚我,那个曾要求我把整个世界——解释给他听的小男孩,现在居然用他化学方面的专业知识向我解释我所不了解的另一个世界。

如果有一天,我因生命衰竭而向上天祈求一两年额外加签的岁月,其目的无非是让我回首再看一看这可惊可叹的山川和人世。能多看它们一眼,便能多用悲壮的,虽注定失败却仍不肯放弃的努力再解释它们一次。并且也欣喜地看到人如何用智慧、用言辞、用弦管、用丹青、用静穆、用爱,——对这世界作其圆融的解释。

是的,物理学家可以说,给我一个支点,给我一根杠杆,我就可以把地球举起来——而我说,给我一个解释,我就可以再相信一次人世,我就可以接纳历史,我就可以义无反顾地拥抱这荒凉的城市。

矛盾篇（之一）

一、爱我更多，好吗？

爱我更多，好吗？

爱我，不是因为我美好，这世间原有更多比我美好的人。爱我，不是因为我的智慧，这世间自有数不清的智者。爱我，只因为我是我，有一点好有一点坏有一点痴的我，古往今来独一无二的我，爱我，只因为我们相遇。

如果命运注定我们走在同一条路上，碰到同一场雨，并且共遮于同一把伞下，那么，请以更温柔的目光俯视我，以更固执的手握紧我，以更和暖的气息贴近我。

爱我更多，好吗？唯有在爱里，我才知道自己的名字，知道自己的位置，并且惊喜地发现自身的存在。所有的石头只是石头，漠漠然冥顽不化，只有受日月精华的那一块会猛然爆裂，跃出一番欣忭欢悦的生命。

爱我更多，好吗？因为知识使人愚蠢，财富使人贫乏，一切的攫取带来失落，所有的高升令人沉陷，而且，每一项头衔都使我觉得自己的面目更为模糊起来，人生一世如果是日中的赶集，则我的囊橐空空，不因为我没有财富而是因为我手中的财富太大，它是一块完整而不容割切的金子，我反而无法用它去购置零星的小件，我只能用它孤注一掷来购置一份深情。爱我更多，好让我的囊橐满涨而沉重，好吗？

爱我更多，好吗？因为生命是如此仓促，但如果你肯对我怔怔凝视，则我便是上戏的舞台，在声光中有高潮的演出，在掌声中能从容优雅地谢幕。

我原来没有权力要求你更多的爱，更多的激情，但是你自己把这份权力给了我，你开始爱我，你授我以柄，我才能如此放肆如此任性来要求更多。能在我的怀中注入更多醇醪吗？肯为我的炉火添加更多柴薪否？我是饕餮，我是贪得无厌的，我要整个春山的花香，整个海洋的月光，可以吗？

爱我更多，就算我的要求不合理，你也应允我，好吗？

二、爱我少一点，我请求你

爱我少一点，我请求你。

有一个秘密，不知道该不该告诉你，其实，我爱的并不是你，当我答应你的时候，我真正的意思是：我愿意和你在一起，一起去爱这个世界，一起去爱人世，并且一起去承受生命之杯。

所以，如果在春日的晴空下你肯痴痴地看一株粉色的"寒绯樱"，你已经给了我最美丽的示爱。如果你虔诚地站在池畔看三月雀榕树上的叶苞如何骄傲专注地等待某一定时定刻的爆放，我已一世感激不尽。你或许不知道，事实上那棵树就是我啊！在春日里急于释放绿叶的我啊！至于我自己，爱我少一点吧！我请求你。

爱我少一点，因为爱使人痴狂，使人颠倒，使我牵挂，我不忍折磨你。如果你一定要爱我，且爱我如清风来水面，不黏不滞。爱我如黄鸟渡青枝，让飞翔的仍去飞翔，扎根的仍去扎根，让两者在一刹的相逢中自成千古。

爱我少一点，因为"我"并不只住在这一百六十厘米的身高中，并不只容纳于这方趾圆颅内。请在书页中去翻我，那里有缔造我骨血的元素，请到闹市的喧哗纷杂中去寻我，那里有我的哀恸与关怀；并且尝试到送殡的行列里去听我，其间有我的迷惑与哭泣；或者到风最尖啸的山谷，浪最险恶的悬崖，落日最凄艳的草原上去探我，因为那些也正是我的悲怆和叹息。我不只在我里，我在风我在海我在陆地我在星，你必须少爱我一点，才能去爱那藏在大化中的我。等我一旦烟消云散，你才不致猝然失去我，那时，你仍能在蝉的初吟、月的新圆中找到我。

爱我少一点，去爱一首歌好吗？因为那旋律是我；去爱一幅画，因为那流溢的色彩是我；去爱一方印章，我深信那老拙的刻痕是我；去品尝一坛佳酿，因为坛底的醉意是我；去珍惜一幅编织，其间的纠结是我；去欣赏舞蹈和书法吧——不管是舞者把自己挥洒成行草篆隶，或是寸管把自己飞舞成腾跃旋挫，其间的狂喜和收敛都是我。

爱我少一点，我请求你，因为你必须留一点柔情去爱你自己。因你爱我，你便不再是你自己，你已是我的一部分，所以，把爱我的爱也分回去爱惜你自己吧！

听我最柔和的请求，爱我少一点，因为春天总是太短太促太来不及，因为有太多的事等着在这一生去完成去偿还，因此，请提防自己，不要爱我太多，我请求你。

矛盾篇（之二）

一、我渴望赢

我渴望赢，有人说人是为胜利而生的，不是吗？

极幼小的时候，大约三岁吧，因为听外婆说一句故乡的成语"吃辣——当家"，就猛吃了几大口辣椒，权力欲之炽，不能说不惊人了。

如果我是英国贵族，大约会热衷养马赛马吧？如果是中国太平时代的乡绅，则不免要跟人斗斗蟋蟀，但我是个在台湾长大的小孩，习惯上只能跟人比功课。小学六年级，深夜，还坐在同学家的饭厅里恶补，补完了，睁开倦眼，摸黑走夜路回家。升学这一仗是不能输的，奇怪的是那么小的年纪，也很诡诈的，往往一面偷偷读书，一面又装出视死如归的气概，仿佛自己全不在乎。

考取北一女中是第一场小赢。

而在家里，其实也是霸气的，有一次大妹执意要母亲给她买两支水彩笔，我大为光火，认为她只需借用我的那支旧笔就可以了，而母亲居然听了她的话去为她买来了，我不动声色，第二天便要求母亲给我买四支。

"为什么要那么多？"

"老师说的！"我决不改口，其实真正的理由是，我在生气，气妹妹不知节俭，好，要浪费，就大家一起来浪费，你要两支，我就偏要四支，我是不能输给别人的！

母亲果然去买了四支笔，不知为什么，那四支笔仿佛火钳似的，放在书包里几乎要烫着人，我暗暗立誓，而今而后，不要再为自己去斗气争胜了，斗赢了又如何呢？

有一天，在小妹的书桌前看到一张这样的纸条：

下次考试：

数学要赢 ×××

语文要赢 ×××

英文要赢 ×××

不觉失笑，争强斗胜，一至于此，不但想要夺总冠军，而且想一项一项去赢过别人，多累人啊——然而，妹妹当年活着便是要赢这一场艰苦的仗。

至于我自己，后来果真能淡然吗？有的时候，当隐隐的鼓声扬起，我不觉又执矛挺身，或是写一篇极难写的文章，或是跟"在上位者"争一件事情。争赢求胜的心仍在，但真正想赢过的往往竟是自己，要赢过自己的私心和愚蠢。

有一次，在报上看到英国的特攻队去救出伊朗大使馆里的人质，在几分钟内完成任务大获全胜，而他们的工作箴言却是"Who dares wins"（勇于敢者胜），我看了，气血翻涌，立刻把它钉在记事板上，天天看一遍。

行年渐长，对一己的荣辱渐渐不以为意了，却像一条龙一样，有其颈项下不可批的逆鳞，我那不可碰不可输的东西是中国，不是地理上的那块海棠叶，而是我胸中的这块隐痛：当我俯饮马来西亚马六甲的郑和井，当我行经马尼拉的华人坟场，当我在纽约街头看李鸿章手植的绿树，当我在哈佛校区里抚摸那驮碑的赑屃，当我在韩国的庆州看汉瓦当，在香港的新界看"邓围"，当我在泰北山头看赤足的孩子凌晨到学校去，赶在上泰国政府规定的泰文课之前先读中文……我所渴望赢回的是故园的形象，是散在全世界有待像拼图一般聚拢来的中国。

有一个名字不容任何人污蔑，有一个话题绝不容别人占上风，有一份旧爱不准他人来置喙。总之，只要听到别人的话锋似乎要触及我的中国了，我会一面谦卑地微笑，一面拔剑以待，只要有一言伤及它，我会立刻挥剑求胜，即使为剑刃所伤亦在所不惜。

上天啊，让我们赢吧！我们是为赢而生的，必要时也可以为赢而死，因此，其他的选择是不存在的，在这唯一的奋争中给我们赢——或者给我们死。

二、我寻求挫败

我一直都在寻求挫败，寻求被征服震慑被并吞的喜悦。

有人出发去"征山"，我从来不是，而且刚好相反，我爬山，是为了被山征服。有人飞舟，是为了"凌驾"水，而我不是，如果我去亲炙水，我需要的是涓水归川的感觉，是自身的消失，是形体的涣释，精神的冰泮，是自我复归位于零的一次冒险。

记得故事中那个叫"独孤求败"的第一剑侠吗？终其生，他遇不到一个对手，人间再没有可以挫阻自己的高人，天地间再没有可匹敌可交锋的力量，真要令人忽忽如狂啊！

生来有一块通灵宝玉的贾宝玉是幸福的，但更大的幸福却发生在他掷玉的刹那。那时，他初遇黛玉，一照面之间，彼此惊为旧识，仿佛已相契了万年。他在惊愕慌乱中竟把一块玉胡乱砸在地上，那种自我的降服和破碎是动人的，是一切真爱情最醇美的倾注。

文学史上也不乏这样的例子，陈师道念经"一见黄豫章（黄山谷），尽焚其稿而学焉"，一个人能碰见令自己心折首俯的高人，并能一把火烧尽自己的旧作，应该算是一种极幸福的际遇。

《新约》中的先知约翰曾一见耶稣便屈身降志说："我仅仅是以水为你们施洗礼的，他却以灵为你们施洗礼，我之于他，只能算一声开道的吆喝声！"《红拂传》里的虬髯客一见李靖，便知天下大势已定，乃飘然远引，那使男子为他色沮、女子为他夜奔的大唐盛世的李靖，我多么想见他一眼啊！清朝末年的孙中山也有如此风仪，使四方豪杰甘于俯首授命。生的悲剧原不在头断血流，在于没有大英雄可为之赴命，没有大理想供其驱驰。

我一直在寻找挫败，人生天地间，还有什么比挫败更快乐的事？就爱情言，其胜利无非是最彻底的"溃不成军"，就旅游言，一旦站在千丘万壑的大峡谷前感到自己渺如蝼蚁，还有什么时候你能如此心甘情愿地卑微下来，享受大化的赫赫天威？又尝记得一次夏夜，卧在沙滩上看满天繁星如雨阵如箭镞，一时几乎惊得昏呆过去，有一种投身在伟大之下的绝望，知道人类永永远远不能去逼近那百万光年之外的光体，这份绝望使我一想起来仍觉兴奋昂扬。试想全宇宙如果都像一个窝囊废一样被我们征服了，日子会多么无趣啊！读对圣贤书，其理亦然。看见洞照古今长夜的明灯，听见声彻人世的巨钟，心中自会有一份不期然的惊喜，知道我虽愚鲁，天下人间能人正多，这一番心悦诚服，使我几乎要大声宣告说："多么好！人间竟有这样的人！我连死的时候都可以安心了！因为有这样优秀的人，有这些美丽的思想！"此外见到特蕾莎在印度，史怀哲在非洲，或是"八大"、石涛在美术馆，或是周鼎宋瓷在博物院，都会兴起一份"我永世不能追摹到这种境界"的激动，这种激动，这种虔诚的服输，是多么难忘的大喜悦。

如果此生还有未了的愿望，那便是不断遇到更令人心折的人，不断探得更勾魂摄魄荡荡可吞人的美景，好让我能更彻底地败溃，更从心底承认自己的卑微和渺小。

矛盾篇（之三）

一、狂喜

仰俯终宇宙，不乐复何如。

曾经看过一部沙漠纪录片，荒旱的沙碛上，因为一阵偶雨，遍地野花猛然争放，错觉里几乎能听到轰然一响，所有的颜色便在一刹那窜上地面，像什么壕沟里埋伏着的万千勇士奇袭而至。

那一场烂漫真惊人，那时候，你会惊悟到原来颜色也是有欲望，有性格，甚至有语言有欢呼的！

而我自己的生命，不也是这样一番来不及的吐艳吗？细想起来，怎能不生大感激大欢喜，就连气恼郁愤的时候，反身自问，也仍是自庆自喜的，一切烦恼原是从有我而来，从肉身而来，但这一个"我"、这一个"肉身"却也来之不易啊！是神话里的山精水怪桃柳鱼蛇修炼千年以待的呢！即使要修到神仙，也须先做一次人身哩！《新约》中的耶稣，其最动人处便在破体而出舍入尘寰而为人身，仿佛一位父亲俯身于沙堆里，满面黑污地去和小儿女办家家酒。

得到这样的肉身，是所有的动物、植物、矿物仰首以待的，天上神明俯身以就的，得到这样清亮飒爽如黎明新拭的肉身，怎能不大喜若狂呢？

莎士比亚在《第十二夜》里有一段论爱情的话：

你要这样想："求爱得爱固然好，没有求，就给你，更是宝。"

如果以之论生命，也很适用，这一番气息命脉是我们没有祈求就收到的天宠，这一副骨骼筋络是不曾耕耘便有的收获。至于可以辨云识星的明眸，可以听雨闻风的聪耳，可以感春知秋的慧觉，哪一样不如同悬崖上的吊松，野谷里的幽兰，是一项不为而有不豫而成的美丽。

这一切，竟都在我们的无知浑噩中完足了，想来怎能不顶礼动容，一心赞叹！

肉身有它的欲苦，它会饥饿——但饥饿亦是美好的，没有饥饿感，婴儿会夭折，成人会消损，而且，大快朵颐的喜悦亦将失落。

　　肉身会疲倦困顿——但世上又岂有什么仙境比梦土更温柔。在那里，一切的乏劳得到憩息，一切的苦烦暂且卸肩，老者又复其童颜，羸者又复其康强，卑微失意的角色，终有其可以昂首阔步的天地，原来连疲倦困顿也是可以击节赞美的设计，可以欢忭踊颂的策划。

　　肉身会死亡，今日之红粉，竟是明日之髑髅，此刻脑中之才慧，亦无非他年蝼蚁之小宴。然而，此生此世仍是可幸贺的。我甘愿做冬残的槁木，只要曾经是早春如诗如酒的花光，我立誓在成土成泥成尘成烟之余都要哂然一笑，因为活过了，就是一场胜利，就有资格欢呼。

　　在生命高潮的波峰，享受它。在生命低潮的波谷，忍受它。享受生命，使我感到自己的幸运，忍受生命，使我了解自己的韧度，两者皆令我喜悦不尽。

　　如果我坚持生命是一场大狂喜而激怒你，请原谅我吧，我是情不自禁啊！

二、大悲

生命中之所以有其大悲，在于别离。

而其实宇宙万象，原不知何物为"别"，"别"是由于人的多事才生出来的。萍与萍之间岂真有聚散，云与云之际也谈不上分合。所以有别离者，在于人之有情，有眷恋，有其不可理喻的依依。

佛家言人生之苦，喜欢谈"怨憎会""爱别离"，其实，尤其悲哀的应该是后者吧？若使所爱之人能相依，则一切可憎可怨者也就可以原谅。就众生中的我而言，如果常能与所爱之人饮一杯茶，共一盏灯，就知道小女孩在钢琴旁，大儿子在电脑前，并且在电话的那一端有父母的晨昏，在圣诞卡的另一头有弟弟妹妹的他乡岁月，在这个城或那个城里，在山巅，在水涯，在平凡的公寓里住着我亲爱的朋友们，只要他们不弃我而去，我会无限度地忍耐不堪忍耐的，我会原谅一切可憎可怨的人，我会有无限宽广的心。

然而，所谓"怨憎会"与"爱别离"其实也可以指人际以外的环境和状况吧？那曾与你亲密相依的密实黑发，终有一日要弃你而去，反是你所怨憎的白发或童秃来与你垂老的头颅相聚啊！你所爱的颊边的蔷薇，眼中的黑晶，终将物化，我们被强迫穿上那件可怨可憎的松垮得不成款式的制服——我指的是那坍垮下来的皮肤。并且用一双朦胧的老花眼去看这变形的世界。告别那灵巧的敏慧的曾经完成许多创造的手，去接受颤抖的不听命的十指，整个垂老的过程岂不就是告别那一个自己曾惊喜爱赏的自己吗？岂不就是不明不白强迫你接受一个明镜中陌生的怨憎的与我格格不入的印象吗？

而尤其悲伤的是告别深爱的血中的傲啸，脑中的敏捷，以及心底的感应，反跟自己所怨憎的沉浊、麻木和迟钝相聚了。这种不甘心的分别与无奈的相聚恐怕不下于怨偶的纠结以及情人的远隔吧，世间之真大悲便该是这一类吧？

死是另一种告别，不仅仅是告别这世上恋栈过的目光，相依过的肩膀，爱抚过的婴颊——死所要告别的还要更多更多，自此以后，我那不足道的对人生的感知全都不算数了，后世之人谁会来管你第一次牙牙学语说出一个完整句子所引起的惊动和兴奋，谁又会在意你第一次约会前夕的窃喜，至于某个老人垂死之前跟一条狗的感情，谁又耐烦去记忆呢？每一个人自己个人惊天动地的内在狂涛，在后人看来不过是旋生旋灭的泡沫而已。活着的人要把自己的琐事记住尚且不易，谁又会留意作古之人的悲欢呢？死就是一番彻底的大告别啊，跟人跟事，跟一身之内的最亲最深的记忆。宗教世界虽也谈永生和来生，但毕竟一切都告一段落，民间信仰中的来生是要先涉过忘川的，一切从此便告一了断。基督教的天堂又偏是没有眼泪的地方——可是眼泪尽管苦涩，属于眼泪的记忆却也是我不忍相舍的啊！生命中尖锐的疼痛，最无言的苍凉，最疯狂的郁怒，我是一样也舍不得忘记的啊！此外曾经有过的勇往无悔的深情，披沙拣金的知识，以及电光石火的顿悟，当然更是栈栈不忍遽舍的！一只鹭鸶不会预知自己必死的命运，不会有晚景的自伤，更不会为自己体悟出的捉鱼本领要与自身一同消失而怅怅，人类才是那唯一能感知"怨憎会"和"爱别离"之苦的生物啊，只因我们才有爱憎分明的知觉，才有此心历历的判然。

人生的大悲在斤斤于离别之苦，而离别之苦种因于知识，弃圣绝智却又偏是众生做不到的，没有告别彩笔以前的江淹曾写下："黯然销魂者，唯别而已矣"，等彩笔绮思一旦被索还，是不是就不必销魂了呢？我是宁可胸中有此大悲凉的，一旦连悲激也平伏消失，岂不更是另一番尤为彻骨的悲酸？

梅妃

梅妃，姓江名采苹，莆田人，婉丽能文，开元初，高力士使闽越选归，大见宠幸，性爱梅，帝因名曰梅妃，后杨妃入，失宠，逼迁上阳宫，帝每念之。会夷使贡珠，乃命封一斛以赐妃，不受，谢以诗，词旨凄婉，帝命入乐府，谱入管弦，名曰《一斛珠》。

梅妃，我总是在想，你是一个怎样的女人。

当三千白头宫女闲坐说天宝年的时候，当一场大劫扼死了杨玉环，老衰了唐明皇，而当教坊乐工李龟年（那曾经以音乐摇漾了沉香亭繁红艳紫的牡丹的啊！）流落在江南的落花时节里，那时候，你曾怎样冷眼看长安。

梅妃，江采苹，你是中国人心中渴想得发疼的一个愿望，你是痛苦中的美丽，绝望中的微焰，你是庙堂中的一只鼎，鼎上的一缕烟，无可凭依，却又那样真实，那样天恒地久地成为信仰的中心。

曾经，唐明皇是你的。

曾经，唐明皇是属于"天宝"年号的好皇帝。

曾经，满园的梅花连成芳香的云。

但，曾几何时，杨玉环恃宠入宫，七月七日长生殿，信誓旦旦的轻言蜜语，原来是可以戏赠给任何一只耳膜的，春风里牡丹腾腾烈烈扇火一般地开着，你迁到上阳宫去了，那里的荒苔凝碧，那里的垂帘寂寂。再也没有宦官奔走传讯，再也没有宫娥把盏侍宴，就这样忽然一转身，检点万古乾坤，百年身世，唯一那样真实而存在的是你自己，是你心中那一点对生命的执着。

士为知己者死，知己者若不可得，士岂能不是士？

女为悦己者容，悦己者若不可遇，美丽仍自美丽。

是王右丞的诗，"涧户寂无人，纷纷开且落"。宇宙中总有亿万种美在生发，在辉灿，在完成，在永恒中镌下他们自己的名字。不管别人知道或不知道，别人承认或不承认。

日复一日，小鬟热心地走告：

那边，杨玉环为了掩饰身为寿王妃的事实，暂时出家做女道士去了，法名是太真。

那边，太真妃赐浴华清池了。

那边，杨贵妃编了霓裳羽衣舞了。

那边，他们在春日庭园小宴中对酌。

那边，贵妃的哥哥做了丞相。

那边，贵妃的姐姐封了虢国夫人，她骑马直穿宫门。

那边，盛传着民间的一句话："男不封侯女作妃，看女却为门上楣。"

那边，男贪女爱。

那边，……

而梅妃，我总是在想，你是一个怎样的女人？

那些故事就那样传着，传着，你漠然地听着，两眼冷澈灿霜如梅花，你隐隐感到大劫即将来到，天宝年的荣华美丽顷刻即将结束，如一团从锦缎上拆剪下来的绣坏了的绣线。

终有一天，那酡颜会萎落在尘泥间，孽缘一开头便注定是悲剧。

有一天，明皇命人送来一斛明珠，你把珠子倾出，漠然地望着那一堆滴溜溜的浑圆透亮的东西，忽然觉得好笑。

你曾哭过，在刚来上阳宫的日子，那些泪，何止一斛明珠呢？情不可依，色不可恃，现在，你不再哭了，人总得活下去，人总得自己撑起自己来，你真的笑了。拿走吧，你吩咐来人，布衣女子，也可以学会拒绝皇帝的，我们曾经真诚过，正如每颗珍珠都曾莹洁闪烁过，但也正如珠一样，它是会发黄黯淡的，拿回去吧，我恨一切会发黄的东西。

拿走吧，梅花一开，千堆香雪中自有万斛明珠。拿走吧，后宫佳丽三千，谁不想分一粒耀眼生辉的东西。

而小鬟，仍热心地走告。

那边……

事情终于发生了。

渔阳鼙鼓动地而来，唐明皇成了落荒而逃的皇帝，故事仍被絮絮叨叨地传来：

六军不发，明皇束手了。

杨国忠死了。

杨贵妃也死了——以一匹白练——在掩面无言的皇帝之前。

杨贵妃埋了，有个老太婆捡了她的袜子，并且靠着收观客的钱而发了财。（多荒谬离奇的尾声）

唐明皇回来了，他不再是皇帝，而是一个神经质的老人。

天宝的光荣全被乱马踏成稀泥了。

而冬来时，梅妃，那些攘千臂以擎住一方寒空的梅枝，肃然站在风里，恭敬地等候白色的祝福。

谢尽了牡丹，闹罢了笙歌，梅妃，你的梅花终于开了，把冰雪都感动得为之含香凝芬的梅花。

　　在春天的二十四番花信风之后，在夏荷秋菊之后，像是为争最后一口气，它傲然地开在那里——可是它又并不跟谁争一口气，它只是那样自自然然地开着，仿佛天地山川一样怡然，你于是觉得它就是该在那里的，大地上没有梅花才反而是一件不可思议的事。

　　邀风、邀雪、邀月，它开着，梅妃，天宝年和天宝年的悲剧会过去了，唯有梅花，将天恒地久地开着。

春之怀古

春天必然曾经是这样的：从绿意内敛的山头，一把雪再也撑不住了，扑哧的一声，将冷面笑成花面，一首渐渐然的歌便从云端唱到山麓，从山麓唱到低低的荒村，唱入篱落，唱入一只小鸭的黄蹼，唱入软溶溶的春泥——软如一床新翻的棉被的春泥。

那样娇，那样敏感，却又那样混沌无涯。一声雷，可以无端地惹哭满天的云，一阵杜鹃啼，可以斗急了一城杜鹃花，一阵风起，每一棵柳都吟出一则则白茫茫、虚飘飘说也说不清、听也听不清的飞絮，每一丝飞絮都是一株柳的分号。反正，春天就是这样不讲理、不逻辑，而仍可以好得让人心平气和。

春天必然曾经是这样的：满塘叶黯花残的枯梗抵死苦守一截老根，北地里千宅万户的屋梁受尽风欺雪压犹自温柔地抱着一团小小的空虚的燕巢，然后，忽然有一天，桃花把所有的山村水廓都攻陷了。柳树把皇室的御沟和民间的江头都控制住了——春天有如旌旗鲜明的王师，因为长期虔诚的企盼祝祷而美丽起来。

而关于春天的名字，必然曾经有这样的一段故事：在《诗经》之前，在《尚书》之前，在仓颉造字之前，一只小羊在啮草时猛然感到的多汁，一个孩子在放风筝时猛然感觉到的飞腾，一双患风痛的腿在猛然间感到的舒活，千千万万双素手在溪畔在塘畔在江畔浣沙时所猛然感到的水的血脉……当他们惊讶地奔走互告的时候，他们决定将嘴噘成吹口哨的形状，用一种愉快的耳语的声量来为这季节命名——"春"。

鸟又可以开始丈量天空了。有的负责丈量天的蓝度，有的负责丈量天的透明度，有的负责用那双翼丈量天的高度和深度。而所有的鸟全不是好的数学家，它们叽叽喳喳地算了又算，核了又核，终于还是不敢宣布统计数字。

至于所有的花，已交给蝴蝶去点数。所有的蕊，交给蜜蜂去编册。所有的树，交给风去纵宠。而风，交给檐前的老风铃去——记忆、——垂询。

春天必然曾经是这样，或者，在什么地方，它仍然是这样的吧？穿越烟囱与烟囱的黑森林，我想走访那踯躅在湮远年代中的春天。

秋天·秋天

满山的牵牛藤起伏，紫色的小浪花一直冲击到我的窗前才猛然收势。

阳光是耀眼的白，像锡，像许多发光的金属。是哪个聪明的古人想起来以木象春而以金象秋的？我们喜欢木的青绿，但我们怎能不钦仰金属的灿白。

对了，就是这灿白，闭着眼睛也能感到的。在云里，在芦苇上，在满山的翠竹上，在满谷的长风里，这样乱扑扑地压了下来。

在我们的城市里，夏季上演得太长，秋色就不免出场得晚些。但秋是永远不会被混淆的——这坚硬明朗的金属季。让我们从微凉的松风中去认取，让我们从新刈的草香中去认取。

已经是生命中第二十五个秋天了，却依然这样容易激动。正如一个诗人说的。

"依然迷信着美。"

是的，到第五十个秋天来的时候，对于美，我怕是还要这样执迷的。

那时候，在南京，刚刚开始记得一些零碎的事，画面里常常出现一片美丽的郊野，我悄悄地从大人身边走开，独自坐在草地上，梧桐叶子开始簌簌地落着，簌簌地落着，把许多神秘的美感一起落进我的心里来了。我忽然迷乱起来，小小的心灵简直不能承受这种兴奋。我就那样迷乱地捡起一片落叶。叶子是黄褐色的，弯曲的，像一只载着梦小船，而且在船舷上又长着两粒美丽的梧桐子。每起一阵风我就在落叶的雨中穿梭，拾起一地的梧桐子。必有一两颗我所未拾起的梧桐子在那草地上发了芽吧？二十年了，我似乎又能听到遥远的西风，以及风里簌簌的落叶。我仍能看见那些载着梦的船，航行在草原里，航行在一粒种子的希望里。

又记得小阳台上黄昏，视线的尽处是一列古老的城墙。在暮色和秋色的双重苍凉里，往往不知什么人加上一阵笛音的苍凉。我喜欢这种凄清的美，莫名所以地喜欢。小舅舅曾带着我一直走到城墙的旁边，那些斑驳的石头，蔓生的乱草，使我有一种说不出的感动。长大了读辛稼轩的词，对于那种沉郁悲凉的意境总觉得那样熟悉，其实我何尝熟悉什么词呢？我所熟悉的只是古老南京城的秋色罢了。

后来，到了柳州，一城都是山，都是树。走在街上，两旁总夹着橘柚的芬芳。学校前面就是一座山，我总觉得那就是地理课本上的十万大山。秋天的时候，山容澄清而微黄，蓝天显得更高了。

"媛媛，"我怀着十分的敬畏问我的同伴。"你说教我们美术的龚老师能不能画下这个山？"

"能，他能。"

"当然能，当然，"她热切在喊着，"可惜他最近打篮球把手摔坏了，要不然，全柳州、全世界他都能画呢。"

沉默了好一会儿。

"是真的吗？"

"真的，当然真的。"

我望着她，然后又望着那座山，那神圣的、美丽的、深沉的秋山。

"不，不可能。"我忽然肯定地说，"他不会画，一定不会。"

那天的辩论会后来怎样结束，我已不记得了。而那个叫媛媛的女孩和我已经阔别了十几年。如果我能重见到，我仍会那样坚持的。

没有人会画那样的山，没有人能。

媛媛，你呢？你现在承认了吗？前年我碰到一个叫媛媛的女孩子，就急急地问她，她却笑着说已经记不得住过柳州没有了。那么，她不会是你了。没有人能忘记柳州的，没有人能忘记那苍郁的、沉雄的、微带金色的、不可描摹的山。

而日子被西风刮尽了，那一串金属性、有着欢乐叮当声的日子。终于，人长大了，会念《秋声赋》了，也会骑在自行车上，想象着陆放翁"饱将两耳听秋风"的情怀了。

秋季旅行，相片册里照例有发光的记忆。还记得那次倦游回来，坐在游览车上。

"你最喜欢哪一季呢？"我问芷。

"秋天。"她简单地回答，眼睛里凝聚了所有美丽的秋光。

我忽然欢欣起来。

"我也是，啊，我们都是。"

她说了许多秋天的故事给我听，那些山野和乡村里的故事。她又向我形容那个她常在它旁边睡觉的小池塘，以及林间说不完的果实。

车子一路走着，同学沿站下车，车厢里越来越空虚了。

"芷，"我忽然垂下头来，"当我们年老的时候，我们生命的同伴一个个下车了，座位慢慢地稀松了，你会怎样呢？"

"我会很难过。"她黯然地说。

我们在做什么呢？芷，我们只不过说了些小女孩的傻话罢了，那种深沉的、无可如何的摇落之解的。

但，不管怎样，我们一起躲在小树丛中念书，一起说梦话的那段日子是美的。

而现在，你在中部的深山里工作，像传教士一样地工作着，从心里爱那些朴实的山地灵魂。今年初秋我们又见了一次面，兴致仍然那样好，坐在小渡船里，早晨的淡水河还没有揭开薄薄的蓝雾，橹声琅然，你又继续你山林故事了。

"有时候，我向高山上走去，一个人，慢慢地翻越过许多山岭。"你说，"忽然，我停住了，发现四壁都是山！都是雄伟的、插天的青色！我吃惊地站着，啊，怎么会那样美！"

我望着你，芷，我的心里充满了幸福。分别这样多年了，我们都无恙，我们的梦也都无恙——那些高高的山！不属于地平线上的梦。

而现在，秋在我们这里的山中已经很浓很白了。偶然落一阵秋雨，薄寒袭人，雨后常常又现出冷冷的月光，不由人不生出一种悲秋的情怀。你那儿呢？窗外也该换上淡淡的秋景了吧？秋天是怎样地适合故人之情，又怎样的适合银银亮亮的梦啊！

随着风，紫色的浪花翻腾，把一山的秋凉都翻到我的心上来了。我爱这样的季候，只是我感到我爱得这样孤独。

我并非不醉心春天的温柔，我并非不向往夏天的炽热，只是生命应该严肃、应该成熟、应该神圣，就像秋天所给我们的一样——然而，谁懂呢？谁知道呢？谁去欣赏深度呢？

远山在退，遥远地盘结着平静的黛蓝。而近处的木本珠兰仍香着，（香气真是一种权力，可以统辖很大片的土地。）溪水从小夹缝里奔窜出来，在原野里写着没有人了解的行书，它是一首小令，曲折而明快，用以描绘纯净的秋光的。

而我的扉页空着，我没有小令，只是我爱秋天，以我全部的虔诚与敬畏。

愿我的生命也是这样的，没有大多绚丽的春花、没有太多飘浮的夏云、没有喧哗、没有旋转的五彩，只有一片安静纯朴的白色，只有成熟生命的深沉与严肃，只有梦，像一树红枫那样热切殷实的梦。

秋天，这坚硬而明亮的金属季，是我深深爱着的。

玉想

一、只是美丽起来的石头

一向不喜欢宝石——最近却悄悄地喜欢了玉。

宝石是西方的产物，一块钻石，割成几千几百个"割切面"，光线就从那里面激射而出，势凌厉，美得几乎具有侵略性，使我不由得不提防起来。我知道自己无法跟它的凶悍逼人相埒，不过至少可以决定"我不喜欢它"。让它在英女王的皇冠上闪烁，让它在展览会上伴以投射灯和响尾蛇（防盗用）展出，我不喜欢，总可以吧！

玉不同，玉是温柔的，早期的字书解释玉，也只说："玉，石之美者。"原来玉也只是石，是许多混沌的生命中忽然脱颖而出的那一点灵光。正如许我孩子在夏夜的庭院里听老人讲古，忽有一个因洪秀全的故事而兴天下之想，遂有了孙中山。又如溪畔群童，人人都看到活泼泼的逆流而上的小鱼，却有一个跌入沉思，想人处天地间，亦如此鱼，必须一身逆浪，方能有成，只此一想，便有了……所谓伟人，其实只是在游戏场中忽有所悟的那个孩子。所谓玉，只是在时间的广场上因自在玩耍竟而得道的石头。

二、克拉之外

钻石是有价的，一克拉一克拉地算，像超级市场的猪肉，一块块皆有其中规中矩称出来的标价。

玉是无价的，根本就没有可以计值的单位。钻石像谋职，把学历经历乃至成绩单上的分数一一开列出来，以便叙位核薪。玉则像爱情，一个女子能赢得多少爱情完全视对方为她着迷的程度，其间并没有太多法则可循。以撒辛格（诺贝尔奖得主）说："文学像女人，别人为什么喜欢她以及为什么不喜欢她的原因，她自己也不知道。"其实，玉当然也有其客观标准，它的硬度，它的晶莹、柔润、缜密、纯全和刻工都可以讨论，只是论玉论到最后关头，竟只剩"喜欢"两字，而喜欢是无价的，你买的不是克拉的计价而是自己珍重的心情。

三、不须镶嵌

钻石不能佩戴，除非经过镶嵌，镶嵌当然也是一种艺术，而玉呢？玉也可以镶嵌，不过却不免显得"多此一举"，玉是可以直接做成戒指镯子和簪笄的。至于玉坠、玉佩所需要的也只是一根丝绳的编结，用一段千回百绕的纠缠盘结来系住胸前或腰间的那一点沉实，要比金属性冷冷硬硬的镶嵌好吧？

不佩戴的玉也是好的，玉可以把玩，可以做小器具，可以做既可卑微地去搔痒，亦可用以象征富贵吉祥的"如意"，可做用以祀天的璧，亦可做示绝的玦，我想做个玉匠大概比钻石割切人兴奋快乐，玉的世界要大得多繁富得多，玉是既入于生活也出于生活的，玉是名士美人，可以相与出尘，玉亦是柴米夫妻，可以居家过日。

四、生死以之

一个人活着的时候，全世界跟他一起活——但一个人死的时候，谁来陪他一起死呢？

中古世纪有出质朴简直的古剧叫《人人》（*Every Man*），死神找到那位名叫人人的主角，告诉他死期已至，不能宽贷，却准他结伴同行。人人找"美貌"，"美貌"不肯跟他去，人人找"知识"，"知识"也无意到墓穴里去相陪，人人找"亲情"，"亲情"也顾他不得……

世间万物，只有人类在死亡的时候需要陪葬品吧？其原因也无非由于怕孤寂，活人殉葬太残忍，连土俑殉葬也有些居心不仁，但死亡又是如此幽阒陌生的一条路，如果待嫁的女子需要"陪嫁"来肯定来系连她前半生的娘家岁月，则等待远行的黄泉客何尝不需要"陪葬"来凭借来思忆世上的年华呢？

陪葬物里最缠绵的东西或许便是琀蝉了，蝉色半透明，比真实的蝉为薄，向例是含在死者的口中，成为最后的，一句没有声音的语言，那句话在说：

"今天，我入土，像蝉的幼虫一样，不要悲伤，这不叫死，有一天，生命会复活，会展翅，会如夏日出土的鸣蝉……"

那究竟是生者安慰死者而塞入的一句话？抑是死者安慰生者而含着的一句话？如果那是心愿，算不算狂妄的侈愿？如果那是谎言，算不算美丽的谎言？我不知道，只知道玉琀蝉那半透明的豆青或土褐色仿佛是由生入死的薄膜，又恍惚是由死返生的符信，但生生死死的事岂是我这样的凡间女子所能参破的？且在这落雨的下午俯首凝视这枚佩在自己胸前的被烈焰般的红丝线所穿结的玉琀蝉吧！

五、玉肆

我在玉肆中走，忽然看到一块像蛀木又像土块的东西，仿佛一张枯涩凝止的悲容，我驻足良久，问道：

"这是一种什么玉？多少钱？"

"你懂不懂玉？"老板的神色间颇有一种抑制过的傲慢。

"不懂。"

"不懂就不要问！我的玉只卖懂的人。"

我应该生气应该跟他激辩一场的，但不知为什么，近年来碰到类似的场面倒宁可笑笑走开。我虽然不喜欢他的态度，但相较而言，我更不喜欢争辩，尤其痛恨学校里"奥瑞根式"的辩论比赛，一句一句逼着人追问，简直不像人类的对话，嚣张狂肆到极点。

不懂玉就不该买不该问吗？世间识货的又有几人？孔子一生，也没把自己那块美玉成功地推销出去。《水浒传》里的阮小七说："一腔热血，只要卖与识货的！"但谁又是热血的识货买主？连圣贤的光焰，好汉的热血也都难以倾销，几块玉又算什么？不懂玉就不准买玉，不懂人生的人岂不没有权利活下去了？

当然，玉肆的老板大约也不是什么坏人，只是一个除了玉的知识找不出其他可以自豪之处的人吧？

然而，这件事真的很遗憾吗？也不尽然，如果那天我碰到的是个善良的老板，他可能会为我详细解说，我可能心念一动便买下那块玉，只是，果真如此又如何呢？它会成为我的小古玩。但此刻，它是我的一点憾意，一段未圆的梦，一份既未开始当然也就不致结束的情缘。

隔着这许多年，如果今天玉肆的老板再问我一次是否识玉，我想我仍会回答不懂，懂太难，能疼惜宝重也就够了。何况能懂就能爱吗？在竞选中互相中伤的政敌其实不是彼此十分了解吗？当然，如果情绪高昂，我也许会塞给他一张《说文解字》抄下来的纸条：

　　玉，石之美，有五德者
　　润泽以温，仁之方也
　　腮理自外，可以知中，义之方也
　　其声舒扬，专以远闻，智之方也
　　不挠而折，勇之方也
　　锐廉而不忮，洁之方也。

　　然而，对爱玉的人而言，连那一番大声锵锵的理由也是多余的。爱玉这件事几乎可以单纯到不知不识而只是一团简简单单的欢喜。像婴儿喜欢清风拂面的感觉，是不必先研究气流风向的。

六、瑕

付钱的时候，小贩又重复了一次：

"我卖你这玛瑙，再便宜不过了。"

我笑笑，没说话，他以为我不信，又加上一句：

"真的，不过这么便宜也有个缘故，你猜为什么？"

"我知道，它有斑点。"本来不想提的，被他一逼，只好说了，免得他一直啰唆。

"哎呀，原来你看出来了，玉石这种东西有斑点就差了，这串项链如果没有瑕疵，哇，那价钱就不得了啦！"

我取了项链，尽快走开。有些话，我只愿意在无人处小心地、断断续续地、有一搭没一搭地说给自己听：对于这串有斑点的玛瑙，我怎么可能看不出来呢？它的斑痕如此清清楚楚。

然而则买这样一串项链是出于一个女子小小的侠气吧，凭什么要说有斑点的东西不好？水晶里不是有一种叫"发晶"的种类吗？虎有纹，豹有斑，有谁嫌弃过它的上毛不够纯色？

就算退一步说，把这斑纹算瑕疵，此间能把瑕疵如此坦然相呈的人也不多吧？凡是可以坦然相见的缺点就不该算缺点的，纯全完美的东西是神器，可供膜拜。但站在一个女人的观点来看，男人和孩子之所以可爱，正是由于他们那些一清二楚的无所掩饰的小缺点吧？就连一个人对自己本身的接纳和纵容，不也是看准了自己的种种小毛病而一笑置之吗？

所有的无瑕是一样的——因为全是百分之百的纯洁透明，但瑕疵斑点却面目各自不同。有的斑痕像藓苔数点，有的是沙岸逶迤，有的是孤云独走，更有的是铁索横江，玩味起来，反而令人忻然心喜。想起平生好友，也是如此，如果不能知道一两件对方的臭事，不能一两件可笑可嘲可詈可骂之事彼此打趣，友谊恐怕也会变得空洞吧？

有时独坐细味"瑕"字，也觉悠然意远，瑕字左边是玉字，是先有玉才有瑕的啊！正如先有美人而后才有"美人痣"，先有英雄，而后有悲剧英雄的缺陷性格（tragic flaw）。缺憾必须依附于完美，独存的缺憾岂有美丽可言，天残地缺，是因为天地都如此美好，才容得修地补天的改造的涂痕。一个"坏孩子"之所以可爱，不也正因为他在撒娇撒赖蛮不讲理之处有属于一个孩童近乎神明的纯洁了直吗？

瑕的右边是叚，有赤红色的意思，瑕的解释是"玉小赤"，我喜欢瑕字的声音，自有一种坦然的不遮不掩的亮烈。

完美是难以冀求的，那么，在现实的人生里，请给我有瑕的真玉，而不是无瑕的伪玉。

七、唯一

据说，世间没有两块相同的玉——我相信，雕玉的人岂肯去重复别人的创制。

所以，属于我的这一块，无论贵贱精粗都是天地间独一无二的。我因而疼爱它，珍惜这一场缘分，世上好玉千万，我却恰好遇见这块，世上爱玉人亦有万千，它却偏偏遇见我，但我们之间的聚会，也只是五十年吧？上一个佩玉的人是谁呢？有些事是既不能去想更不能嫉妒的，只能安安分分珍惜这匆匆的相属相连的岁月。

八、活

佩玉的人总相信玉是活的，他们说："玉要戴，戴戴就活起来了哩！"

这样的话是真的吗？抑或只是传说臆想？

我不知道自己能不能把一块玉戴活，这是需要时间才能

证明的事，也许几十年的肌肤相亲，真可以使玉重新有血脉
和呼吸。但如果奇迹是可祈求的，我愿意首先活过来的是我，
我的清洁质地，我的致密坚实，我的莹秀温润，我的斐然纹理，
我的清声远扬。如果玉可以因人的佩戴而复活，也让人因佩
戴而复活吧！让每一时每一刻的我莹彩暖暖，如冬日清晨的
半窗阳光。

九、石器时代的怀古

　　把人和玉，玉和人交织成一的神话是《红楼梦》，它也
叫《石头记》，在补天的石头群里，主角是那三万六千五百
零一块中多出的一块，天长日久，竟成了通灵宝玉，注定要
来人间历经一场情劫。

　　他的对方则是那似曾相识的绛珠仙草。

　　那玉，是男子的象征，是对于整个石器时代的怀古。那草，
是女子的表记，是对榛榛莽莽洪荒森林的思忆。

　　静安先生释《红楼梦》中的玉，说"玉"即"欲"，大
约也不算错吧？《红楼梦》中含玉字的名字总有其不凡的主

人，像宝玉、黛玉、妙玉、红玉，都各自有他们不同的人生欲求。只是那欲似乎可以解作英文里的 want，是一种不安，一种需索，是不知所从出的缠绵，是最快乐之时的凄凉，最完满之际的缺憾，是自己也不明白所以的惴惴，是想挽住整个春光留下所有桃花的贪心，是大彻大悟与大栈恋之间的摆荡。

神话世界常是既富丽而又高寒的，所以神话人物总要找一件道具或伴当相从，设若龙不吐珠，嫦娥没有玉兔，李聃失了青牛，果老走了肯让人倒骑的驴或是麻姑少了仙桃，孙悟空缴回金箍棒，那神话人物真不知如何施展身手了——贾宝玉如果没有那块玉，也只能做美国童话《绿野仙踪》里的"无心人"奥迪斯。

"人非木石，孰能无情"，说这话的人只看到事情的表象，木石世界的深情大义又岂是我们凡人所能尽知的。

十、玉楼

如果你想知道钻石，世上有宝石学校可读，有证书可以证明你的鉴定力。但如果你想知道玉，且安安静静地做自己，并且肤发的温润、关节的玲珑、眼目的光澈、意志的凝聚、言笑的晴朗中去认知玉吧！玉即是我，所谓文明其实亦即由石入玉的历程，亦即由血肉之躯成为"人"的史页。

道家以目为"银海"，以肩为玉楼，想来仙家玉楼连云，也不及人间一肩可担道义的肩胛骨为贵吧？爱玉之极，恐怕也只是返身自重吧？

色识

颜色之为物，想来应该像诗，介乎虚实之间，有无之际。

世界各民族都具有"上界"与"下界"的说法，以供死者前往——独有中国的特别好辨认，所库"上穷'碧'落下'黄'泉"。《千字文》也说"天地玄黄"，原来中国的天堂地狱或是宇宙全是有颜色的哩！中国的大地也有颜色，分五块设色，如同小孩玩的拼图版，北方黑，南方赤，西方白，东方青，中间那一块则是黄的。

有些人是色盲，有些动物是色盲，但更令人惊讶的是，据说大部分人的梦是无色的黑白片。这样看来，即使色感正常的人，每天因为睡眠也会让人生的三分之一时间失色。

中国近五百年来的画，是一场墨的胜利。其他颜色和黑一比，竟都黯然引退，好在民间的年画，刺绣和庙宇建筑仍然五光十色，相较之下，似乎有下面这一番对照：

成人的世界是素净的黯色，但孩子的衣着则不避光鲜明艳。

汉人的生活常保持渊沉的深色，苗瑶藏胞却以彩色环绕汉人提醒汉人。

平素家居度日是单色的，逢到节庆不管是元宵放灯或端午赠送香包或市井婚礼，色彩便又复活了。

庶民（又称'黔'首、'黎'民）过老态的不设色的生活，帝王将相仍有黄袍朱门紫绶金驾可以炫耀。

古文的园囿不常言色，诗词的花园里却五彩绚烂。

颜色，在中国人的世界里，其实一直以一种稀有的、矜贵的、与神秘领域暗通的方式存在。

颜色，本来理应属于美术领域，不过，在中国，它也属于文学。眼前无形无色的时候，单凭纸上几个字，也可以想见月落江湖"白"，潮来天地"青"的山川胜色。

逛故宫，除了看展出物品，也爱看标签，一个是"实"，一个是"名"，世上如果只有喝酒之实而无"女儿红"这样的酒名，日子便过得不精"彩"了。诸标签之中且又独喜与颜色有关的题名，像下面这些字眼，本身便简拙似诗：

祭红：祭红是一种沉稳的红釉色，红釉本不可多得，不知祭红一名何由而来，似乎有时也写作"积红"，给人直觉的感受不免有一种宗教性的虔诚和绝对。本来羊群中最健康的、玉中最完美的可作礼天敬天之用，祭红也该是凝聚最纯粹最接近奉献情操的一种红，相较之下，"宝石红"一名反显得平庸，虽然宝石红也光莹秀澈，极为难得。

牙白：牙白指的是象牙白，因为不顶白反而有一种生命感，让人想到羊毛、贝壳或干净的骨骼。

甜白：不知怎么回事会找出甜白这么好的名字，几件号称甜白的器物多半都脆薄而婉腻，甜白的颜色微灰泛紫加上几分透明，像雾峰一带的好芋头，熟煮了，在热气中乍剥了皮，含粉含光，令人甜从心起，甜白两字也不知是不是这样来的。

娇黄：娇黄其实很像杏黄，比黄瓤西瓜的黄深沉，比袈裟的黄轻俏，是中午时分对正阳光的透明黄玉，是琉璃盏中新榨的纯净橙汁，黄色能黄到这样好真叫人又惊又爱又心安。美国式的橘黄太耀眼，可以做属于海洋的游艇和救生圈的颜色，中国皇帝的龙袍黄太夸张，仿佛新富乍贵，自己一时也不知该怎么穿着，才胡乱选中的颜色，看起来不免有点舞台戏服的感觉。但娇黄是定静的沉思的，有着《大学》一书里所说的"定而后能静、静而后能安、安而后能虑、虑而后能得"的境界。有趣的是"娇"字本来不能算是称职的形容颜色的字眼——太主观，太情绪化，但及至看了"娇黄高足大碗"，倒也立刻忍不住点头称是，承认这种黄就该叫娇黄。

茶叶末：茶叶末其实就是秋香色，也略等于英文里的酪梨色（Avocado），但情味并不相似。酪梨色是软绿中透着柔黄，如池柳初舒。茶叶末则显然忍受过搓揉和火炙，是生命在大挫伤中历炼之余的幽沉芬芳。但两者又分明属于一脉家谱，互有血缘。此色如果单独存在，会显得悒闷，但由于是釉色，所以立刻又明丽生鲜起来。

鹧鸪斑：这称谓原不足以算"纯颜色"，但仔细推来，这种乳白赤褐交错的图案效果如果不用此三字，真不知如何形容，鹧鸪斑三字本来很可能是鹧鸪鸟羽毛的错综效果，我自己却一厢情愿地认为那是鹧鸪鸟蛋壳的颜色。所有的鸟蛋都是极其漂亮的颜色，或红褐，或浅丘，或斑斑朱朱。鸟蛋不管隐于草茨或隐于枝柯，像未熟之前的果实，它有颜色的目的竟是求其"失色"，求其"不被看见"。这种斑丽的隐身衣真是动人。

雾青、雨过天青：雾青和雨过天青不同，前者产凝冻的深蓝，后者比较有云淡天青的浅致。有趣的是从字义上看都指雨后的晴空。大约好事好物也不能好过头，朗朗青天看久了也会糊涂，以为不稀罕。必须乌云四合，铅灰一片乃至雨注如倾盆之后的青天才可喜。柴世宗御批指定"雨过天青云破处，这般颜色做将来"。口气何止像君王，更像天之骄子，如此肆无忌惮简直根本不知道世上有不可为之事，连造化之诡、天地之秘也全不瞧在眼里。不料正因为他孩子似的、贪心的、漫天开价的要求，世间竟真的有了雨过天青的颜色。

剔红：一般颜色不管红黄青白，指的全是数学上的"正号"，是在形状上面"加"上去的积极表现。剔红却特别奇怪，剔字是"负号"，指的是在层层相叠的漆色中以雕刻家的手法挖掉了红色，是"减掉"的消极手法。其实，既然剔除职能叫剔空，它却坚持叫剔红，仿佛要求我们留意看那番疼痛的过程。站在大玻璃橱前看剔红漆盒看久了，竟也有一份悲喜交集的触动，原来人生亦如此盒，它美丽剔透，不在保留下来的这一部分，而在挖空剔除的那一部分。事情竟是这样的吗？在忍心地割舍之余，在冷懒惰有的镂空之后，生命的图案才足动人。

斗彩：斗彩的斗字也是个奇怪的副词，颜色与颜色也有可斗的吗？文字学上斗字也通于逗，逗字与斗字在釉色里面都有"打情骂俏"的成分，令人想起李贺的"石破天惊逗秋雨"，那一番逗简直是挑逗啊！把寸水从天外逗引出来，把颜色从幽冥中逗弄出来，斗彩的小器皿向例是热闹的，少不了快意的青蓝和珊瑚红，非常富民俗趣味。近人语言里每以逗这个动词当形容词用，如云"此人真逗！"形容词的逗有"绝妙好玩"的意思，如此说来，我也不妨说一句"斗彩真逗！"

当然，"艳色天下重"，好颜色未必皆在宫中，一般人玩玉总不免玩出一番好颜色好名目来，例如：

孩儿面（一种石灰沁过而微红的玉）

鹦哥绿（此绿是因为做了青铜器的邻居受其感染而变色的）

茄皮紫

秋葵黄

老酒黄（多温暖的联想）

虾子青（石头里面也有一种叫"虾背青"的，让人想起属于虾族的灰青色的血液和肌理）

不单玉有好颜色，石头也有，例如：

鱼脑冻：指一种青灰浅白半透明的石头，"灯光冻"则更透明。

鸡血：指浓红的石头。

艾叶绿：据说是寿山石里面最好最值钱的一种。

炼蜜丹枣：像蜜饯一样，是个甜美生津的名字，书上说"百炼之蜜，渍以丹寒，光色古黯，而神气焕发"。

桃花水：据说这种亦名桃花片的石头浸在瓷盘净水里，一汪水全成了淡淡的"竟日桃花逐水流"的幻境。如果以桃花形容石头，原也不足为奇，但加一"水"字，则迷离荡漾，硬是把人推到"两岸桃花夹古津"的粉红世界里去了。类似的浅红石头也有叫"浪滚桃花"的，听来又凄婉又响亮，叫人不知如何是好。

砚水冻：这是种不纯粹的黑，像白昼和黑夜交界处的交战和朦胧，并且这份朦胧被魔法定住，凝成水果冻似的一块，像砚池中介乎浓淡之间的水，可以写诗，可以染墨，也可以秘而不宣，留下永恒的缄默。

石头的好名字还有很多，例如"鹁鸽眼"（一切跟"眼"有关的大约都颇精粹动人，像"虎眼""猫眼"）"桃晕""洗苔水""晚霞红"等。

当然，石头世界里也有不"以色事人"的，像太湖石、常山石，是以形质取胜，两相比较，像美人与名士，各有可倾倒之处。

除了玉石，骏马也有漂亮的颜色，项羽必须有英雄最相宜的黑色相配，所以"乌"骓不可少，关公有"赤"兔，刘彻有汗"血"，此外"玉"骢，"华"骝，"紫"骥，无不充满色感，至于不骑马而骑牛的那位老聃，他的牛也有颜色，是青牛，老子一路行去，函谷关上只见"紫"气东来。

马之外，英雄当然还须有宝剑，宝剑也是"紫电""青霜"，当然也有以"虹气"来形容剑器的，那就更见七彩缤纷了。

中国晚期小说里也流金泛彩，不可收拾，《金瓶梅》里小小几道点心，立刻让人进入色彩情况，如：

揭开，都是顶皮饼、松花饼、白糖万寿糕、玫瑰搽穰卷儿。

写惠莲打秋千一段也写得好：

这惠莲……也不用人推送，那秋千飞起在半天云里，然后抱地飞将下来，端的却是飞仙一般，甚可人爱。月娘看见，对玉楼、李瓶儿说："你看媳妇子，他倒会打。"正说着，被一阵风过来，把他裙子刮起，里边露见大红潞绸裤儿，扎着脏头纱绿裤腿儿，好五色纳纱护膝，银红线带儿。玉楼指与月娘瞧。

另外一段写潘金莲装丫头的也极有趣：

却说金莲晚夕走到镜台前，把鬏髻摘了，打了个盘头揸髻，把脸搽的雪白，抹的嘴唇儿鲜红，戴着两个金灯笼坠子，贴着三个面花儿，带着紫销金箍儿。寻了一套大红织金袄儿，下着翠蓝段子裙，要装丫头，哄月娘众人耍子。叫将李瓶儿来，与他瞧。把李瓶儿笑的前仰后合，说道："姐姐，你妆扮起来，活像个丫头，等我往后边去，我那屋里有红布手巾，替你盖着头。对他们只说他爹又寻了个丫头，唬他们唬，管定就信了。"

买手帕的一段，颜色也多得惊人：

经济道："门外手帕巷有名王家，专一发卖各色改样销金点翠手帕汗巾儿，随你问多少也有。你老人家要甚颜色，销甚花样，早说与我，明日一齐都替你带来了。"李瓶儿道："我要一方老金黄销金点翠穿花凤汗巾。"经济道："六娘，老金黄销上金不现。"李瓶儿道："你别要管我，我还要一方银红绫销江牙海水嵌八宝汗巾儿，又是一方闪色芝麻花销金汗巾儿。"经济便道："五娘，你老人家要甚花样？"金莲道："我没银子，只要两方儿勾了。要一方玉色绫琐子地儿销金汗巾儿。"经济道："你又不是老人家，白剌剌的要他做甚么？"金莲道："你管他怎的！戴不的，等我往后吃孝戴！"经济道："那一方要甚颜色？"金莲道："那一方，我要娇滴滴紫葡萄颜色，四川绫汗巾儿，上销金，间点翠，十样锦，同心结，方胜地儿，一个方胜儿里面一对儿喜相逢，两边栏子儿都是缨络出珠碎八宝儿。"经济听了，说道："耶哧，耶哧！再没了？

卖瓜子儿开箱子打涕喷，琐碎一大堆。"

　　看了两段如此如见其人如闻其声的描写，竟也忍不住疼惜起潘金莲来了，有表演天才，对音乐和颜色的世界极敏锐，喜欢白色和娇滴滴的葡萄紫，可怜这聪明剔透的女人，在这个世界上她除了做西门庆的第五房老婆外，可以做的事其实太多了！只可怜生错了时代！

　　《红楼梦》里更是一片华彩，在"千红一窟""万艳同杯"的幻境之余，怡红公子终生和红的意象是分不开的，跟黛玉初见时，他的衣着如下：

　　头上戴着束发嵌宝紫金冠，齐眉勒着二龙抢珠金抹额；穿一件二色金百蝶穿花大红箭袖，束着五彩丝攒花结长穗宫绦，外罩石青起花八团倭缎排穗褂；登着青缎粉底小朝靴……

　　没过多久，他又换了家常衣服出来：

　　已换了冠带：头上周围一转的短发，都结成小辫，红丝结束，共攒至顶中胎发，总编一很大辫，黑亮如漆；从顶至梢，一串四颗大珠，用金八宝坠角；身上穿着银红撒花半旧大袄，仍旧带着项圈、宝玉、寄名锁、护身符等物；下面半露松花撒花绫裤腿，锦边弹墨袜，厚底大红鞋。

宝玉由于在小说中身居要津，不免时时刻刻要为他布下多彩的戏服，时而是五色斑丽的孔雀裘，有时是生日小聚时的"大红绵纱小袄儿，下面绿绫弹墨裌裤，散着裤脚，倚着一个各色玫瑰芍药花瓣装的玉色夹纱新枕头"。生起病来，他点的菜也是仿制的小荷叶子、小莲蓬，图的只是那翠荷鲜碧的好颜色。告别的镜头是白茫茫大地上的一件猩红斗篷。就连日常保暖的一件小内衣，也是白绫子红里子上面绣起最生香活色的"鸳鸯戏水"。

和宝玉的猩红斗篷有别的是女子的石榴红裙。猩红是"动物性"的，传说红染料里要用猩猩血色来调才稳得住，真是凄伤至极点的顽烈颜色，恰适合宝玉来穿。石榴红是植物性的，香菱和袭人两人女孩在林木蓊郁的园子里，偷偷改换另一条友伴的红裙，以免自己因玩疯了而弄脏的那一条被众人发现了。整个情调读来是淡淡的植物似的悠闲和疏淡。

和宝玉同属"富贵中人"的是王熙凤，她一出场，便自不同：

只见一群媳妇丫鬟拥着一个人从后房门进来。这个人打扮与众姑娘不同：彩绣辉煌，恍若神仙妃子。头上戴着金丝八宝攒珠髻，绾着朝阳五凤挂珠钗；项上带着赤金盘螭璎络圈；裙边系着豆绿宫绦双衡比目玫瑰佩；身上穿着缕金百蝶穿花大红洋缎窄裉袄，外罩五彩刻丝石青银鼠褂；下着翡翠撒花洋绉裙。

这种明艳刚硬的古代"女强人"，只主管一个小小贾府，真是白糟蹋了。

《红楼梦》里的室内设计也是一流的，探春的，妙玉的，秦氏的，贾母的，各有各的格调，各有各的摆设，贾母偶然谈起窗纱的一段，令人神往半天：

那个纱，比你们的年纪还大呢。怪不得他认作蝉翼纱，原也有些像。不知道的，都认作蝉翼纱。正经名字叫作"软烟罗"……那个软烟罗只有四种颜色：一样雨过天晴，一样秋香色，一样松绿的，一样就是银红的。要是做了帐子，糊了窗屉，远远的看着，就似烟雾一样，所以叫"软烟罗"。那银红的又叫作"云影纱"。

《红楼梦》也是一部"红"尘手记吧，大观园里春天来时，莺儿摘了柳树枝子，编成浅碧小篮，里面放上几枝新开的花……好一出色彩的演出。

和小说的设色相比，诗词里的色彩世界显然密度更大更繁富。奇怪的是大部分作者都秉承中国人对红绿两色的偏好，像李贺，最擅长安排"红""绿"这两个形容词面前的副词，像：

老红、坠红、冷红、静绿、空绿、颓绿。

真是大胆生鲜，从来在想象中不可能连接的字被他一连，也都变得妩媚合理了。

此外像李白"寒山一带伤心碧"（《菩萨蛮》），也用得古怪，世上的绿要绿成什么样子才是伤心碧呢？"一树碧无情"亦然，要绿到什么程度可算绝情绿，令人想象不尽。

杜甫"宠光蕙叶与多碧，点注桃花舒小红"（《江雨有怀郑典设》）以"多碧"对"小红"也是中国文字活泼到极处的面貌吧？

此外李商隐温飞卿都有色癖，就是一般诗人，只要拈出"雨中黄叶树""灯下白头人"的对句，也一样有迷人情致。

词人中晏几道算是极爱色的，郑因百先生有专文讨论，其中如：

绿娇红小、朱弦绿酒、残绿断红、露红烟绿、遮闷绿掩羞红、晚绿寒红、君貌不长红、我鬓无重绿。

竟然活生生地将大自然中最旺盛最欢愉的颜色驯服为满目苍凉，也真是夺造化之功了。

秦少游的"莺嘴啄花红溜，燕尾点波绿绉"也把颜色驱赶成一群听话的上驷，前句由于莺的多事，造成了由高枝垂直到地面的用花瓣点成的虚线，后句则缘于燕的无心，把一面池塘点化成回纹千度的绿色大唱片。另外有位无名词人的"万树绿你迷，一庭红扑簌"也令人目迷不暇。

"知否知否，应是绿肥红瘦"这李清照句中的颜色自己也几乎成了美人，可以在纤秾之间各如其度。

蒋捷有句谓"红了樱桃，绿了芭蕉"，其中的红绿两字不单成了动词，而且简直还是进行式的，樱桃一点点加深，芭蕉一层层转碧，真是说不完的风情。

辛稼轩"倩何人唤取，红巾翠袖，揾英雄泪"也在英雄事业的苍凉无奈中见婉媚。其实世上另外一种悲剧应是红巾翠袖空垂——因为找不到真英雄，而且真英雄未必肯以泪示人。

元人小令也一贯地爱颜色，白朴有句曰："黄芦岸白苹渡口，绿杨堤红蓼滩头"用色之奢侈，想来隐身在五色祥云后的神仙也要为之思凡吧？马致远也有"和露摘黄花，带霜烹紫蟹，煮酒烧红叶"的好句子，煮酒其实只用枯叶便可，不必用红叶，曲家用了，便自成情境。

世界之大，何处无色，何时无色，岂有一个民族会不懂颜色？但能待颜色如情人，相知相契之余且不嫌麻烦的，想出那么多出人意表的字眼来形容描绘它，舍中文外，恐怕不容易再找到第二种语言了吧？

替古人担忧

同情心，有时是不便轻易给予的，接受的人总觉得一受人同情，地位身份便立见高下，于是一笔赠金，一句宽慰的话，都必须谨慎。但对古人，便无此限，展卷之余，你尽可痛哭，而不必顾到他们的自尊心，人类最高贵的情操得以维持不坠。

千古文人，际遇多苦，但我却独怜蔡邕，书上说他："少博学，好辞章……妙操音律，又善鼓琴，工书法、闲居玩古，不交当世……"后来又提到他下狱时"乞黥首刖足，续成汉史，不许。士大夫多矜救之，不能得，遂死狱中"。

身为一个博学的、孤绝的、"不交当世"的艺术家，其自身已经具备那么浓烈的悲剧性，及至在混乱的政局里系狱，连司马迁的幸运也没有了！甚至他自愿刺面斩足，只求完成一部汉史，也竟而被拒，想象中他满腔的悲愤直可震陨满天的星斗。可叹的不是狱中冤死的六尺之躯，是那永不为世见的焕发而饱和的文才！

而尤其可恨的是身后的污蔑，不知为什么，他竟成了民间戏剧中虐待赵五娘的负心郎，陆放翁的诗里曾感慨道：

斜阳古道赵家庄，负鼓盲翁正作场；
身后是非谁管得，满村听说蔡中郎。

让自己的名字在每一条街上被盲目的江湖艺人侮辱，蔡邕死而有知，又怎能无恨！而每一个翻检历史的人，每读到这个不幸的名字，又怎能不感慨是非的颠倒无常。

李斯，这个跟秦帝国连在一起的名字，似乎也沾染着帝国的辉煌与早亡。

当他年盛时，他曾是一个多么傲视天下的人，他说："诟莫大于卑贱，而悲莫甚于贫困，久处卑贱之位，困苦之地，非世而恶利，自托于无为，此非士之情也！"

他曾多么贪爱那一点点醉人的富贵。

但在多舛的宦途上，他终于付上自己和儿子以为代价，临刑之际，他黯然地对儿李由说："吾欲与若复牵黄犬，俱出上蔡东门，逐狡兔，岂可得乎？"

幸福被彻悟时，总是太晚而不堪温习了！

那时候，他曾想起少年时上蔡的春天，透明而脆薄的春天！

异于帝都的春天！他会想起他的老师荀卿，那温和的先知，那为他相秦而气愤不食的预言家，他从他学了"帝王之术"，却始终参不透他的"物禁太盛"的哲学。

牵着狗，带着儿子，一起去逐野兔，每一个农夫所触及的幸福，却是秦相李斯临刑的梦呓。

公元前208年，咸阳市上有被腰斩的父子，高踞过秦相，留传下那么多篇疏壮的刻石文，却不免于那样惨刻的终局！

看剧场中的悲剧是轻易的，我们可以安慰自己"那是假的"，但读史时便不知该如何安慰自己了。读史者有如屠宰业的经理人，自己虽未动手杀戮，却总是以检点流血为务。

我们只知道花蕊夫人姓徐，她的名字我们完全不晓，太美丽的女子似乎注定了只属于赏识她的人，而不属于自己。

古籍中如此形容她："拜贵妃，别号花蕊夫人，意花不足拟其色，似花蕊轻柔也，又升号慧妃，如其性也。"

花蕊一样的女孩，怎样古典华贵的女孩，由于美丽而被豢养的女孩！

而后来，后蜀亡了，她写下那首有名的亡国诗。

君王城上竖降旗，妾在深宫那得知；
十四万人齐解甲，更无一个是男儿。

无一个男儿，这又奈何？孟昶非男儿，十四万的披甲者
非男儿，亡国之恨只交给一个美女的泪眼。

交给那柔于花蕊的心灵。

国亡赴宋，相传她曾在葭萌的驿壁上留下半首《采桑子》，
那写过百首宫词的笔，最后却在仓皇的驿站上题半阕小词：

初离蜀道心将碎，离恨绵绵，春日如年，马上时时闻杜
鹃……

半阕！南唐后主在城破时，颤抖的腕底也是留下半首词。
半阕是人间的至痛。半阕是永劫难补的憾恨！马上闻啼鹃，
其悲竟如何？那写不下去的半段比写出的更哀绝。

蜀山蜀水悠然而青，寂寞的驿壁在春风中穆然而立，见
证着一个女子行过蜀道时凄于杜鹃鸟的悲鸣。

词中的《何满子》，据说是沧州歌者临刑时欲以自赎的

曲子，不获免，只徒然传下那一片哀结的心声。

《乐府杂录》中曾有一段有关这曲子戏剧性的记载：

> 刺史李灵曜置酒，坐客姓骆，唱《何满子》，皆称其绝妙，白秀才曰："家有声妓，歌此曲音调不同。"召至，令歌，发声清越，殆非常音，骆遽问曰："莫是宫中胡二子否？"妓熟视曰："不问君岂梨园骆供奉邪？"相对泣下，皆明皇时人也。

异地闻旧音，他乡遇故知，岂都是喜剧？白头宫女坐说天宝固然可哀，而梨园散失沦落天涯，宁不可叹？

在伟大之后，渺小是怎样地难忍；在辉煌之后，黯淡是怎样地难受；在被赏识之后，被冷落又是怎样地难耐，何况又加上那凄恻的《何满子》，白居易所说的"一曲四词歌八叠，从头便是断肠声"的《何满子》！

千载以下，谁复记忆胡二子和骆供奉的悲哀呢？人们只习惯于去追悼唐明皇和杨贵妃，谁去同情那些陪衬的小人物呢？但类似的悲哀却在每一个时代演出，天宝总是太短，渔阳鼙鼓的余响敲碎旧梦，马嵬坡的夜雨滴断幸福，新的岁月粗糙而庸俗，却以无比的强悍逼人低头。玄宗把自己交给游仙的方士，胡二子和骆供奉却只能把自己交给比永恒还长的流浪的命运。

　　灯下读别人的颠沛流离，我不知该为撰曲的沧州歌者悲，或是该为唱曲的胡二子和骆供奉悲——抑或为西渡岛隅的自己悲。

故事行

一、像牛羊一样在草间放牧的石雕

夜晚睡的时候舍不得关拢窗帘，因为山月——而早晨，微蓝的天光也就由那缝隙倾入。我急着爬起来，树底下正散布着满院子的林渊的石雕。其实，昨夜一到黄先生家就已经看到几十件精品，放在客厅周围，奇怪的是我一个个摸过去，总觉不对劲，那些来自河滩的石头一旦规规矩矩在木架上放好，竟格格不入起来，像一个活蹦乱跳的乡下小孩，偶尔进城坐在亲戚家的锦褥上，不免缩手缩脚。而此刻，这像牛羊一样的草间放牧的石雕却——都是活的。虽然暂时坐着，暂时凝神望远，你却知道，它们随时都会站起身来，会走，会开口，如果是鸡，便会去啄米，如果是猴，便会去爬树……

石雕在树下，一只只有了苔痕。

记得在圣彼得大教堂看米开朗基罗的逸品，像《圣母哀恸》像，惊愕叹服之余，不免奇怪坚硬的石头何以到了米氏手里竟柔若白云，虚若飘谷。米氏的石头真是驯化过的，但林渊不是这样的，林渊的每一个石头都仍然是石头，碰人会疼，擦到会青肿，是不折不扣的莽莽大河上游冲下来的石头。它更不是中国文人口里那剔透单瘦造型丑陋有趣的石头。它是安而拙，鲁而直的，简简单单一大块，而因为简单，所以锤凿能从容地加上去。

说起锤凿，有件事应该一提，那就是埔里街上有条打铁街，有些铁制的农具和日用工具挂满一条街，这种景致也算是埔里一奇吧！

假如不是因为有那条铁器街，假如林渊不是因为有个女婿刚好是打铁的，假如不是这女婿为他打了锤凿，不晓得林渊会不会动手雕石头？

"林渊这人很特别，"黄先生说，"四十多年前，那时还是日据时期，他自己一个人做了部机器，可以把甘蔗榨成汁，榨成汁后他又把汁煮成糖。"

林渊到现在仍然爱弄机械，他自己动手做结实的旋椅，他也做了个球形的旋转笼屋。坐在里面把脚往中心轴一踢，就可以转上好多圈——看来像是大型玩具，任何人坐进去都不免变成小孩。

站在树丛中看众石雕的感觉是安然不惊的。世上有些好，因为突兀奇拔，令人惊艳，但林渊的好却仿佛一个人闲坐时看着自己的手，手上的茧以及茧之间的伤痕，只觉熟稔亲和，亲和到几乎没有感觉，只因为是自身的一部分。但我和林渊的石雕间有什么可以相熟相知的呢？是对整个石器时代的共同追忆吧？如果此刻走着走着，看到这些石人石牛石龟石猴幻成古代的守墓石兽，我大概也觉得理所当然吧？甚至如果它又变形为石臼石斫石斧石凿，我也不以为奇，这样悠悠苍古的石头是比女娲用以补天的"五色石"还要质朴远古的吧？五色石已经懂得用华彩取悦文明了。而林渊的石头是从河滩搬来的，混沌未判，充满种种可能性……

二、沿溪行

那天早上我们出发，沿着野马溪，去找鱼池乡的"渊仔伯"。拐入坡道不久，忽然看到路侧乱草堆里冒出一只只石牛石羊，竟觉得那些作品像指路标一样，正确地指出渊仔伯的地址。继续再走不远，一座巨型的"四海龙王"放在路边，渊仔伯的家到了，这件作品大约一人高，圆大厚实，四方雕有四个不同的龙王，渊仔伯走了出来，硬瘦苍挺，像他的石作，有其因岁月而形成的刚和柔。

走进他这几年自己设计的新家，更吓一跳，大门上和院子里有许多易开罐拼成的飞机，有捡来的旧钟，构成他独特的"现代感"，旧轮胎的内外胎显然也是他钟爱的"塑材"，他用内外胎，"拾了"许多景观。慕蓉愣了愣说：

"我要叫学生来看——看一个人可以'大胆'到什么程度。"

工作室的门口，有一块山地人惯用的扁平石材，渊仔伯把它树立在门口，像块布告板，上面写着：

六十六年石刻

林渊

五子三女

福建省海定县

无党无派

自己思想

每个人走到这里都不免一面读一面着迷起来，这有趣的老人！其实以他的背景而言，由于识字不多，也非自己思想不可，好玩的是他借用政治上的"无党无派"，然后再加上"自己思想"，显得这"党派"成了学派或画派了。

"这是真的猪，"他介绍自己的作品总是只谈故事，仿佛故事才是重要的，而他的石雕，只不过是那些说给孙儿听的故事的立体插图罢了。"你知道吗？现在全世界每年杀的真猪只不过三四条而已，其他的都不是真的猪，都是人变的猪，真的猪就是这样的。"

他说话的表情认真而平淡，像在告诉你昨天母牛生了小牛一样自然，不需要夸张，因为自认为是事实。

"这个是秦始皇的某（老婆）啦！秦始皇遇到仙，仙人给了他两朵花，一朵全开，一朵还没开，仙人说全开的给老母戴，未开的给某戴。秦始皇看那朵全开的漂亮，给老母戴了太可惜，还是给太太戴吧！谁知道那全开了的花刚戴上去虽然漂亮，可是一下就谢掉了，一谢掉，人就开始变丑，愈来愈丑，愈来愈丑，后来丑得实在没办法，她自己都觉得羞，所以就逃到山里去了——后来就生下猴子，猴子就是这样来的。"

如果兴致好，他会继续告诉你故事发展下去的枝节，例如这猴子到村子里去偷东西吃，结果被人设计烫红了屁股，而秦始皇的妈妈因为愈来愈漂亮，秦始皇想娶她为妻，她说，不可以，除非你能遮住天上的太阳，秦始皇一急，便去造万里长城，好在遮天蔽日的事还是做不到的。唉，原来极丑和极漂亮都有麻烦呢！

不是林渊自己，连他的作品的收藏人，在收藏作品的同时，不免也同时收藏了故事，像黄先生便能一一指陈。

"林渊说，这故事是说，有个人，生了病，他说谁要能医好他，他就把女儿嫁他。结果，有一只猴子医好了他，他只好守信用把女儿嫁给猴子，可是这事太丢人了，他丢不起脸，就把女儿和猴子放在船上，叫他们漂洋过海到远方去结婚，他们后来也生了孩子，美国人就是这样来的啦！"

奇怪，这故事听来像高辛氏嫁狗的情节，（因为它战阵有功，后来生子十二人，成为蛮夷。）林渊有时候也以"成语"为题材，例如他雕婚姻，一块顽石的两侧各雕一男一女，男子眉目凶恶，女子五官平凡卑弱而认命，颈下却有块大瘿瘤，林渊想刻的是闽南语说的："项劲生瘤，妇人家嫁了坏尪（丈夫）——都是碰上了。"碰的原文读一音双关，指"碰"上，也指"阻"住。

但我看那石碓，却不免惊动，仿佛觉得那女人的肿瘤是一项突显明白的指控，她用沉默失调的肉体在反驳一桩不幸的婚姻。

"这又是什么故事呢？"

"这就是说，很早很早那时候，有人想要来盖一座楼，想要一直盖到天上去，可是有一天早上，他们一醒，忽然一个说一款话，谁也听不懂谁的，只好大家散散去。"

我大吃一惊，这故事简直是《圣经》中巴别塔的故事啊！

"这故事哪里来的？"如果查得出来，简直要牵出一篇中西交通史。

"书上写的呀！"

"什么书？"我更紧张了。

"就是古早古早的书，都写得明明，后来呢，又下了雨，一连下四十天，一天也不停，四十天呢！后来就做大水啦，这些人，就躲在船上……"

我们这才知道那件作品刻的是一列人头，站在船舷边上。但这故事分明是《圣经》中的方舟故事，难道我们民间也有这种传说吗？

"阿伯，你的故事哪里听来的？"治平毕竟是教社会学的，问起话来比我有头绪。

"收音机里啊！"他答得坦然。

我松了一口气，起先还以为出现了一条天大的属于"神话比较学"的资料呢！原来渊仔伯不很"纯乡土"，他不知不觉中竟刻了希伯来人的文学。

渊仔伯其实也有简单的不含故事的作品。只是即使简单，他也总有一两句说明：

"这是虎豹母，从前这山上有老虎下来咬人呢，老虎本来就恶，生了孩子，怕人害它的孩子就更恶了！"

"这是公鸡打母鸡。"

另外一座用铁皮焊成的人体，他在肚子上反扣一口炒菜锅，题目竟是"樊梨花怀孕"，真是有趣的组合。

林渊不怕重复自己，因此不会像某些现代艺术家天天为"突破自己"而造作，林渊不怕翻来覆去地重新雕牛、羊、猪、鸡、鸟、蛇、龟、虫、鱼和人。他的作品堆在家门口，堆在工作室，放在大路边，养在草丛里。走过他家围墙，墙上的石头有些也是雕过的，踏上他家台阶，阶石也是雕像，石雕于他既是创作也是生命，是勤劳操作一世之余的"劳动"兼"休闲"。他隶属于艺术，更属于神话。

那天晚上我们回到学生家的别墅，躺在后院鱼池边看星月，有一株迷糊的杏花不知怎的竟在秋风里开了花。这安详的小镇，这以美酒和樱花闻名的小镇，这学生的外公曾在山溪野水中养出虹鳟鱼的小镇，这容得下山地人和平地人共生的小镇，这如今收获了石雕者林渊、摄影人梁正居、能识拔艺人的先生黄炳松的小镇，多富饶的小镇啊！

　　我觉得自己竟像那株杏花，有一种急欲探首来了解这番世象的冲动，想探探这片慈和丰沛的大地，想听听这块大地上的故事。

"就是茶"

食堂其实只是个寻常的食堂，可是它临江。光这一点就不得了，浩浩大江仿佛伴奏乐队，在窗外伺候。更令人肃然的是，这江叫富春江，是元代黄公望曾以之入画，是汉代严子陵曾在岩滩上持竿垂钓的所在，是二千年来中国读书人一心向往的隐逸梦乡。

菜也做得清爽甘鲜。饭后，食堂中的女子端上茶来。茶味醇正端方。

"这茶，叫什么名字？"我问女子。

"这个，就是茶呀！"她也认真回答，声音轻柔利落。

此地近杭州，我在杭州城里刚订下一斤"雨前"，但这里的茶显然和我更投缘，味似包种而厚。

"我知道它是茶，可是，茶也有个名字，譬如说'龙井'啦、'白毫'啦，这茶叫什么名字呢？"

"啊，你说的那是城里，我们这里的茶没有名字，茶就是茶。"

我放弃了，我只好同意她，这茶没有名字，它简简单单，它就是茶。

我不是什么茶仙茶精之流的人，但也尝过不少种茶：像泰北的榴梿茶、英国人爱喝的苹果茶、粤人独钟的荔枝红、竹篓包装的六安茶、闽人的铁观音或道取中庸的"东方美人"、恒春那略带海风气息的"港口茶"……我甚至还应乌来一家茶肆之请替新茶命名，叫"一抹绿"。

可是，在浙江省富阳县（今杭州市富阳区），这美丽的小地方，那乡下女子却说这茶"就是茶"，我喜欢她这句话里的禅意，仿佛宇宙洪荒，大地初醒，那时男人就叫男人，女人就叫女人，茶就叫茶。

在世间诸茶之中，我会常记得我曾喝过一盏茶，那盏没有名字的"就是茶"。

初心

一、初哉首基肇祖元胎……

因为书是新的，我翻开来的时候也就特别慎重。书本上的第一页第一行是这样的："初、哉、首、基、肇、祖、元、胎……始也。"

那一年，我十七岁，望着《尔雅》这部书的第一句话而愕然，这书真奇怪啊！把"初"和一堆"初的同义词"并列卷首，仿佛立意要用这一长串"起始"之类的字来做整本书的起始。

也是整个中国文化的起始和基调吧？我有点敬畏起来了。

想起另一部书，《圣经》，也是这样开头的："起初，上帝创造天地。"

真是简明又壮阔的大笔，无一语修饰形容，却是元气淋漓，如洪钟之声，震耳贯心，令人读着读着竟有坐不住的感觉，所谓壮志陡生，有天下之志，就是这种心情吧！寥寥数字，天工已竟，令人想见日之初升，海之初浪，高山始突，峡谷乍降及大地寂然等待小草涌腾出土的刹那！

而那一年，我十七，刚入中文系，刚买了这本古代第一部字典《尔雅》，立刻就被第一页第一行迷住了，我有点喜欢起文字学来了，真好，中国人最初的一本字典（想来也是世人的第一本字典），它的第一个字就是"初"。

"初，裁衣之始也。"文字学的书上如此解释。

我又大为惊动，我当时已略有训练，知道每一个中国文字背后都有一幅图画，但这"初"字背后不止一幅画，而是长长的一幅卷轴。想来当年造字之人初造"初"字的时候，也是煞费苦心的神束之笔这件事无形可绘，无状可求，如何才能追踪描摹？

他想起了某个女子动作，也许是母亲，也许是妻子，那样慎重地先从纺织机上把布取下来，整整齐齐的一匹布，她手握剪刀，当窗而立，她屏息凝神，考虑从哪里下刀，阳光把她微微毛乱的鬓发渲染成一轮光圈。她用神秘而多变的眼光打量着那整匹布，仿佛在主持一项典礼。其实她努力要决定的只不过是究竟该先做一件孩子的小衫好呢？还是先裁自己的一幅裙子？一匹布，一如渐渐沉黑的黄昏，有一整夜的美可以预期——当然，也有可能是噩梦，但因为有可能成为噩梦，美梦就更值得去渴望——而在她思来想去的当际，窗外陆陆续续流溢而过的是初春的阳光，是一批一批的风，是雏鸟拿捏不稳的初鸣，是天空上一匹复一匹不知从哪一架纺织机里卷出的浮云。

那女子终于下定决心，一刀剪下去，脸上有一种近乎悲壮的决然。

"初"字，就是这样来的。

人生一世，亦如一匹辛苦织成的布，一刀下去，一切就都裁就了。

整个宇宙的成灭，也可视为一次女子的裁衣啊！我爱上"初"这个字，并且提醒自己每清晨都该恢复为一个"初人"，每一刻，都要维护住那一片初心。

二、初发芙蓉

《颜延之传》里这样说："延之尝问鲍照己与灵运优劣，照曰：'谢五言诗如初发芙蓉，自然可爱，君诗如铺锦列绣，雕缋满眼。'"

六朝人说的芙蓉便是荷花，鲍照用"初发芙蓉"比谢灵运，实在令人羡慕，其实"像荷花"不足为奇，能像"初发芙蓉"才令人神思飞驰。灵运一生独此四字，也就够了。

后来的文学批评也爱沿用这字眼，介存斋《论词杂著》论晚唐韦庄的词便说："端己词清艳绝伦，初日芙蓉春日柳，使人想见风度。"

中国人没有什么"诗之批评"或"词之批评"，只有"诗话""词话"，而词话好到如此，其本身已凝聚饱实，全华丽如一则小令。

三、清露晨流新桐初引

《世说新语》里有一则故事，说到王恭和王忱原是好友，以后却因政治上的芥蒂而分手。只是每次遇见良辰美景，玉恭总会想到王忱。面对山石流泉，王忱便恢复为王忱，是一个精彩的人，是一个可以共享无限清机的老友。

有一次，春日绝早，玉恭独自漫步一幽极胜极之外，书上记载说："子时清露晨流，新桐初引。"

那被人爱悦，被人誉为"濯濯如春月柳"的王恭忽然怅怅冒出一句："王大故自濯濯。"语气里半是生气半是爱惜，翻成白话就是："唉，王大那家伙真没话说——实在是出众！"

不知道为什么，作者在描写这段微妙的人际关系时，把周围环境也一起写进去了。而使我读来怦然心动的也正是那段"于时清露晨流，新桐初引"的附带描述。也许不是什么惊心动魄的大景观，只是一个序幕初启的清晨，只是清晨初初映着阳光闪烁的露水，只是露水装点下的桐树初初抽了芽，遂使得人也变得纯洁灵明起来，甚至强烈地怀想那个有过嫌隙的朋友。

李清照大约也被这光景迷住了，所以她的《念奴娇》里竟把"清露晨流，新桐初引"的句子全搬过去了。一颗露珠，从六朝闪到北宋，一叶新桐，在安静的扉页里晶薄透亮。

我愿我的朋友也在生命中最美好的片刻想起我来，在一切天清地廓之时，在叶嫩花初之际，在霜之始凝，夜之始静，果之初熟，茶之方馨。在船之启碇，鸟之回翼，在婴儿第一次微笑的刹那，想及我。

如果想及我的那人不是朋友，而是敌人（如果我有敌人的话），那也好——不，也许更好，嫌隙虽深，对方却仍会想及我，必然因为我极为精彩的缘故。当然，也因为一片初生的桐叶是那么好，好得足以让人有气度去欣赏仇敌。

细细的潮音

　　每到月盈之夜，我恍惚总能看见一幢筑在悬崖上的小木屋，正启开它的每一扇窗户，谛听远远近近的潮音。

　　而我们的心呢？似乎已经习惯于一个无声的世代了。只是，当满月的清辉投在水面上，细细的潮音便来撼动我们沉寂已久的心，我们的胸臆间遂又鼓荡着激昂的风声水响！

　　那是个夏天的中午，太阳晒得每一块石头都能烫人。我一个人撑着伞站在路旁等车。空气凝成一团不动的热气。而渐渐地，一个拉车的人从路的尽头走过来了。我从来没有看过走得这样慢的人。满车的重负使他的腰弯到几乎头脸要着地的程度。当他从我面前经过的时候，我忽然发现有一滴像大雨点似的汗，从他的额际落在地上，然后，又是第二滴。我的心刹那间被抽得很紧，在没有看到那滴汗以前，我是同情他，及至发现了那滴汗，我立刻敬服他了——一个用筋肉和汗水灌溉着大地的人。好几年了，一想起来总觉得心情激动，总好像还能听到那滴汗水掷落在地上的巨响。

一个雪晴的早晨，我们站在合欢山的顶上，弯弯的涧水全都被积雪淤住。忽然，觉得故国冬天又回来了。一个台湾年轻人兴奋地跑了过来。

"前两天雪下得好深啊！有一米呢！我们走一步就铲一步雪。"

我俯身拾了一团雪，在那一盈握的莹白中，无数的往事闪烁，像雪粒中不定的阳光。

"我们在堆雪人呢。"那个年轻人继续说，"还可以用来打雪仗呢！"

我望着他，却说不出一句话，也许只在一个地方看见一次雪景的人是比较有福的。只是万里外的客途中重见过的雪，却是一件悲惨的故事。我抬起头来，千峰壁直，松树在雪中固执地绿着。

到达麻风病院的那个黄昏已经是非常疲倦了。走上石梯，简单的教堂便在夕晖中独立着。长廊上有几个年老的病人并坐，看见我们便一起都站了起来，久病的脸上闪亮着诚恳的笑容。

"平安。"他们的声音在平静中显出一种欢愉的特质。

"平安。"我们哽咽地回答，从来没有想到这样简单的字能有这样深刻的意义。

那是一个不能忘记的经验，本来是想去安慰人的，怎么也想不到反而被人安慰了。一群在疾病中和鄙视中残喘的人，一群可怜的不幸者，居然靠着信仰能笑出那样勇敢的笑容。至于夕阳中那安静、虔诚、而又完全饶恕的目光，对我们健康人的社会又是怎样一种责难啊！

还有一次，午夜醒来，后庭的月光正在涨潮，满园的林木都淹没在发亮的波澜里。我惊讶地坐起，完全不能置信地望着越来越浓的月光，一时不知道自己究竟是在快乐，还是忧愁。只觉得如小舟，悠然浮起，浮向似乎很近又似乎很远的青天，而微风里橄榄树细小的白花正飘着、落着，矮矮的通往后院的阶石在月光下被落花堆积得有如玉砌一般。我忍不住欢喜起来，活着真是一种极大的幸福——这种晶莹的夜，这样透明的月光，这样温柔的、落着花的树。

生平读书，最让我感慨莫过廉颇的遭遇，在那样不被见用老年，他有着多少凄怆的徘徊。昔日赵国的大将，今日已是伏枥的老骥了。当使者来的时候，他为之"一饭斗米、肉十斤，披甲上马，以示尚可用"的苦心是何等悲哀。而终于还是受了谗言不能擢用，那悲哀就更深沉了。及至被楚国迎去了。黯淡的心情使他再没有立功的机运。终其后半生，只说了一句令人心酸的话："我思用赵人。"

想想，在异国，在别人的宫廷里，在勾起舌头说另外一种语言的土地上，他过的是一种怎样落寞的日子啊！名将自古也许是真的不许见白头吧！当他叹道："我想用我用惯的赵人"的时候，又意味着一个怎样古老、苍凉的故事！而当太史公记载这故事，我们在二千年后读这故事的时候，多少类似的剧本又在上演呢？

又在一次读韦庄的一首词，也为之激动了好几天。所谓"温柔敦厚"应该就是这种境界吧？那首词是写一个在暮春的小楼上独立凝望的女子，当她伤心不见远人的时候，只含蓄地说了一句话："千山万水不曾行，魂梦欲教何处觅。"不恨行人的忘归，只恨自己不曾行过千山万水，以致魂梦无从追随。那种如泣如诉的真情，那种不怨不艾的态度，给人一种凄婉低迷的感受，那是一则怎样古典式的爱情啊！

还有一出昆曲《思凡》，也令我震撼不已。我一直想找出它的作者，但据说是不可能了。曾经请教了我非常敬服的一位老师，他也只说："词是极好的词，作者却找不出来了，猜想起来大概是民间的东西。"我完全同意他的见解，这样拔山倒海的气势，斩铁截钉的意志，不是正统文人写得出来的。

当小尼赵色空立在无人的回廊上，两旁列着威严的罗汉，她却勇敢地唱着："他与咱，咱共他，两下里多牵挂，冤家，怎能个成就了姻缘，就死在阎王殿前，由他把那碓来舂，锯来解，磨来挨，放在油锅里去炸。啊呀，由他。只见活人受罪，哪曾见死鬼戴枷。由他，只见活人受罪，哪曾见死鬼戴枷，啊呀，由他火烧眉毛且顾眼下，"接着她一口气唱着，"哪里有天下园林树木佛，哪里有枝枝叶叶光明佛，哪里有江湖两岸流沙佛，哪里有八万四千弥陀佛。从今去把钟佛殿远离却，下山去寻一个少年哥哥，凭他打我、骂我、说我、笑我，一心不愿成佛，不念弥陀般若波罗。便愿生下一个小孩儿，却不道是快活煞了我。"

每听到这一须，我总觉得心血翻腾，久久不能平伏，几百年来，人们一直以为这是一个小尼姑思凡的故事。何尝想到这实在是极强烈的人文思想。那种人性的觉醒，那种向传统唾弃的勇气，那种不顾全世界鄙视而要开拓一个新世纪的意图，又岂是满园嗑瓜子的脸所能了解的？

一个残冬的早晨，车在冷风中前行，收割后空旷的禾田蔓延着。冷冷清清的阳光无力地照耀着。我木然面坐，翻着一本没有什么趣味的书。忽然，在低低的田野里，一片缤纷的世界跳跃而出。"那是什么？"我惊讶地问着自己，及至看清楚一大片杂色的杜鹃，却禁不住笑了起来。这种花原来是常常看到的，春天的校园里几乎没有一个石隙不被它占去的呢！在瑟缩的寒流季里，乍然相见的那份喜悦，却完全是另外一种境界了。甚至在初见那片灿烂的彩色时，直觉里中感到一种单纯的喜悦，还以为那是一把随手散开来的梦，被遗落在田间的呢！到底它是花呢，是梦呢？还是虹霓坠下时碎成的片段呢？或者，什么也不是，只是……

博物馆里的黄色帷幕垂着，依稀地在提示着古老的帝王之色。陈列柜里的古物安静地深睡了，完全无视于落地窗外年轻的山峦。我轻轻地走过每件千年以上的古物，我的影子映在打蜡的地板上，旋又消失。而那些细腻朴拙的瓷器、气象恢宏的画轴、纸色半枯的刻本、温润无瑕的玉器，以及微现绿色的钟鼎，却凝然不动地闪着冷冷的光。隔着无情的玻璃，看这个幼稚的世纪。

望着那犹带中原泥土的故物，我的血忽然澎湃起来，走过历史，走过辉煌的传统，我发觉我竟是这样爱着自己的民族、自己的文化。那时候，莫名地想哭，仿佛一个贫穷的孩子，忽然在荒废的后园里发现了祖先留下来埋宝物的坛子，上面写着"子孙万世，永宝勿替"。那时，才忽然知道自己是这样富有——而博物院肃穆着如同深沉的庙堂，使人有一种下拜的冲动。

在一本书中，我看到史博士的照片。他穿着极简单的衣服，抱膝坐在一块大石头上。背景是一片广漠无物的非洲土地，益发显出他的孤单。照画面的光线看来，那似乎是一个黄昏。他的眼睛在黯淡的日影中不容易看出是什么表情，只觉得他好像是在默想。我不能确实说出那张脸表现了一些什么，只知道那多筋的手臂和多纹的脸孔像大浪般，深深地冲击着我，或许他是在思念欧洲吧？大教堂里风琴的回响，歌剧院里的紫色帷幕也许仍模糊地浮在他的梦里。这时候，也许是该和海伦在玫瑰园里喝下午茶的时候，是该和贵妇们谈济慈和尼采的时候。然而，他却在非洲，住在一群悲哀的、黑色的、病态的人群中，在赤道的阳光下，在低矮的窝棚里，他孤孤单单地爱着。

我骄傲，毕竟在当代三十二亿张脸孔中，有这样一张脸！那深沉、瘦削、疲倦、孤独而热切的脸，这或许是我们这贫穷的世纪中唯一的产生。

当这些事，像午夜的潮音来拍打岸石的时候，我的心便激动着。如果我们的血液从来没有流得更快一点，我们的眼睛从来没有燃得更亮一点，我们的灵魂从来没有升华得更高一点，日子将变得怎样灰暗而苍老啊！

　　不是常常有许多小小的事来叩打我们心灵的木屋吗？可是为什么我们老是听不见呢？我们是否已经世故得不能被感动了？让我们启开每一扇窗门，去谛听这细细的潮音，让我们久暗的心重新激起风声水声！

附录——编辑说明

——符立中

　　散文在中国文化具有源远流长的身世，而且也在现代文学的脉络中，发展出里程碑式的地位。中国的散文，有别于西方文化，从《世说新语》到明清小品，《出师表》《陈情表》《桃花源记》《滕王阁序》《陋室铭》《爱莲说》等璀璨行列，皆是锦绣文章。

　　出身中文系的张晓风，雄踞在历史的转折点上，成为一个显耀的名字。张晓风祖籍江苏铜山，出生在浙江金华。在流离失所的迁徙里，曾在福建、重庆、南京、柳州、广州乃至屏东、台北居住生活过。她毕生将"行万里路""读万卷书"熔铸在她的散文创作中，开创前无古人之境。

　　张晓风出版过的精选集可分两种：名家精选和自我选撷。她可能也是台湾正式出版散文精选最多的作家之一。本书独辟蹊径：由熟悉台湾散文发展的编者初步编选，再请张女士过目增减，希望呈现张式散文"一以贯之"的生命历程。虽则张晓风也是打破中国散文虚实隔阂的先行者，但她蔚为大宗的，还是对生命认知的奇想与体悟。尤其是她对中国近代命运的咏叹与怜惜，建构成某些最不朽的篇章，本书花了相当多的功夫搜罗，在第二部按照探寻张晓风的心路历程，从《他曾经幼小》《高处何所有》《时间》《前身》《许士林的独白》到《就让他们不知道吧！》重新编选，竟可当作她的自传来看，希望使读者体认到张晓风以生命信仰勾勒中国大时代的故事。

张晓风散文创作已逾五十年，近几年文风转变，从"低眉敛手"进化至"低眉信手"，和早期创作企图的雄奇大略，更迭不知历经几番寒暑。幸而文字的精练是她的一贯功夫，俯仰皆是造化生功璎珞纷陈。本书第一部着重在张晓风的生命礼赞，第二部看英雄、看历史，第三部则是对万物的咏叹。显现出张晓风身为一代奇女子，继承中国传统五千年文化的所历、所思。如果要了解这六十年来的台湾，不可不读张晓风。如果要了解中国近代文学史散文进益到什么程度，同样不可不读张晓风。

符立中

作家、乐评家，亦为重要张爱玲、白先勇评论家。《张爱玲与白先勇的上海神话》获李欧梵赞美"创见和灼见累累"，夏志清称誉为"当今台湾文化界的奇才"。陈子善撰文称《对谈白先勇》为"不可不读此书"。小提琴师从谢中平，十七岁即名列台湾最重要的乐评人，二十年间台湾古典乐评多受其影响，更被广为模仿。现正参与张爱玲电影《第一炉香》的摄制工作。

符立中文笔擅以繁复音韵营造气派、华丽的意象，曾应邀与程抱一、高行健、林怀民对谈；为 EMI 制作法国国宝 Mesple 专辑。曾专访 DIVA. B. Nilsson、Dame. Schwarzkopf、Vishnevskaya、Marton、Von Stade 等乐史传奇。多部专著曾获五四文艺奖章。